illustration HINAKO TAKANAGA

いとおしくて、いとおしくて、たまらぬ。
手に入れるまで知らなかった。
冴紗の、これほどの愛らしさを。

神官は王を狂わせる

The king is crazy about the priest.

吉田珠姫

TAMAKI YOSHIDA presents

KAIOHSHA ガッシュ文庫

イラスト★高永ひなこ

CONTENTS

★本作品の内容はすべてフィクションです。
実在の人物・地名・団体・事件などとは一切関係ありません。

Ⅰ　夢の日々

馥郁《ふくいく》たる香りをふくみ、風は甘やかに頬《ほお》をかすめる。

ときは緑月《りょくげつ》。花のさかり。

ただでさえ心わきたつ季節ではあるが、羅剛王《らごうおう》の心をさらに浮き立たせているのは、扉のむこうから洩《も》れ聞こえてくる笑いさざめき。

「まあ、いかがいたしましょう?」

「どれも、ほんにお似合いでございますわ!」

女官たちの声に応える、鈴音《すずね》のごとき麗声《れいせい》。

「どれでも、…わたしはかまいませぬが……」

笑いまじりの声が遮《さえぎ》る。

「いいえ!　来月のお式には、列国の招待客も大勢参ります。最高にお美しく装っていただかなくては!」

「王さまにお支度《したく》任されましたわたくしどもも、顔がたちませんわ!」

ほほえましい隣室の会話につられ、羅剛も喉《のど》の奥で笑いをこらえる。

……かしましい女官たちに弄《いじ》くられて、難儀《なんぎ》しておるようだの、冴紗《さしゃ》は。

大きく開かれた窓から差し込む朝の光。

冴紗のために造らせたこの『花の宮』は、その名のとおり季節ごとあまたの花が咲き乱れる、たいそう麗しい宮である。

白亜の外観に合わせ、内装調度も、あまねく優美で繊細。

武骨《ぶこつ》で飾り気のない王宮に比べ、南側に建てられたこの別棟の一角だけは、つねに春のごときおだやかさに満ちている。

椅子の背もたれに深く背をあずけ、羅剛は瞳を閉じてみる。

まるで夢見心地である。

天の楽園で遊んでも、これほどまで満ち足りた心地にはならぬであろう。

幸福感につつまれ、たゆたうように、羅剛は回想する。


——幼いころの記憶。

それは、ただただ苦痛の連続であった。

大国修才邏《いざいら》の皇子として生を受けているにもかかわらず、羅剛は凍りつくような凄寥《せいりょう》のなかで生きてきた。

だれにも顧《かえり》みられぬ。声さえかけてもらえぬ。

皇子であるため、むろん最低限の教育は受けられた。衣食も、豪華なものをふんだんに与えられた。だが、それだけである。王宮の一角、歴代の皇太子が住まう場所に起居《ききょ》しながら、羅剛は野の獣《けもの》よりも孤独であった。

物心ついたときには、すでに母はおらず、父は羅剛を、まるでその目に映《うつ》っていないかのごとく無視した。

黒い髪と黒い瞳。

それが、王家にとってどれほど忌むべきものであるか。

第一子である自分が黒髪黒瞳《こくはつこくどう》であったために、母という人は不義を疑われ、自害したのだと、父王という人も、穢《けが》らわしい我が子をひどく疎《うと》んでいるのだと、……心ない臣《しん》や下働きが、わざと耳に入るよう噂《うわさ》していく。

この地では、王を太陽神《たいようしん》の化身《けしん》とみて『金色《こんじき》の太陽』、王妃を月神《げっしん》の化身とみて『銀の月』と呼び慣わす。

その二神を従え、多数の神々、精霊をも統《す》べる最高神が『虹霓《こうげい》』――虹《にじ》の神である。

『虹色を有する者が王となれば、天帝《てんてい》虹霓神の限りない恩寵《おんちょう》を得ることができる』

古来から言い伝えられてきたことだが、それはただの伝説ではなく、歴史がたしかに真実であると証明していた。

光を弾き、七色に耀《かがや》く虹色。

髪でも瞳でも、身体のどこでもよい。その特殊な色を持った者が王、王妃になると、その代、国はたいへん栄えるのである。

したがって各王家では、『虹色』を有する子を産むため躍起《やっき》になった。

羅剛の父王は、輝く金の髪、蒼《あお》い瞳。

絵姿に残された母は、燃え立つような紅の髪と、緑の瞳。

ふたりのあいだに生まれる王子、王女は、かならずや『虹』を有しているであろう、これで修才邏は安泰であると、だれもが確信していたという。

しかし。願いに反して、生まれた第一皇子は、呪われたような黒髪黒瞳であったのだ。

人々の落胆はたいへんなものであったらしい。

さらには、王妃の自害。

一夫一婦制の修才邏では、王は次の妃を迎えることはできぬ。つまりは、羅剛のみが、現王の血を引く者となってしまった。

しかたなし、まわりの大人たちは、悪意と侮蔑《ぶべつ》に満ちた陰口を叩《たた》きながらも、表面上だけは大国修才邏の皇子としての羅剛に媚《こ》び諂《へつら》った。うそ寒い作り笑顔を、顔に張りつかせたまま。

思えば、……あまりに冥《くら》い日々であった。

つねに胸のなか、おぞましい焔《ほのお》のように怒りが渦巻いていた。

羅剛は、あらゆることがらを、咀《のろ》った。

……髪と瞳の黒いことが、俺の責任かっ!?

好きでこのような姿に生まれたわけではない！　好きで王家に生まれたわけでもない！

黒髪黒瞳であっても、平民の家に生まれれば、ここまで疎まれずにすんだであろうに！

憎い。

憎い、と。

念で人が屠《ほふ》れるならば、まずどの者から血祭りにあげてやろうかと――幼心に、日々憎しみと怒りを滾《たぎ》らせ、咀いつづけた。

父も臣も民も、いや世のすべてが信じられぬ。なにもかもが憎悪の対象であった。

しかしなにより羅剛は、おのれの生をこそ、もっとも呪罵《じゅば》していた。

そのようなとき。

まさしく、闇を切り裂く一条の光のように、冴紗は羅剛の前に現われたのである。

耀く光。

ほかに言い表しようのない。

羅剛は十三、冴紗は九つ。

話相手すらいない王宮で、ともに暮らすようになった。

自分だけを信じ、自分だけを慕ってくれる、ちいさな子供。

あの日から、羅剛の世界は一変した。

以来、寝ても醒《さ》めても、『冴紗』のことしか考えられぬ。

この者はけして自分を裏切らぬ。

初めて出逢った。清く、こころ正しき者である。その耀きでまわりの闇を打ち払い、羅剛に幸福と平安を齎《もたら》してくれる。

歓喜の想いが恋情に変わるは、必定《ひつじょう》。

冴紗はおなじ性であった。歴史上始まって以来の、虹髪虹瞳《こうはつこうどう》の者であった。

しかし羅剛には、どうでもよいことであった。

容姿が高貴であろうと、醜悪であろうと、冴紗の魂の清らかさは変わらぬ。

羅剛は冴紗に恋い焦《こ》がれ、欲望に身の内を灼《や》かれた。

いとしい。いとしい。いとしい、と……血を吐くほどのせつない想いで、夜ごとのたうちまわった。

修才邏には赤子が生まれた際、おもての名以外に、真実の名をつける慣わしがある。

未来を視ることのできる『星予見《ほしよみ》』と呼ばれる者が、赤子の一生を予知し、生涯を端的に示した名をつけるのだが、――羅剛の真名《まな》は、『虹に狂う者』という。

教えられたときは意味など解《かい》せなかったが、いまなら、わかる。

……俺はまさしく、『虹に狂う者』だ。

誇らしく、喜ばしい真名。

この狂気のような愛を、執着を、嘘偽りないまことととして伝えられる。

おのれの命よりもいとしい、――冴紗に。


「お待たせいたしました、羅剛王。お召しかえ、すみましてございます」

満面の笑顔の女官たちに手を引かれ、さらさらと布擦《きぬず》れの音させて。冴紗は、扉から現われた。

反射的に羅剛は立ち上がっていた。

息を呑《の》む。

身の丈ほどもある冴紗の虹髪は、結い上げられ、煌煌《きらきら》しい銀細工で飾られ、むろん衣装は裾《すそ》を引く銀織物、――あまりの美しさに、目を奪われ、言葉もない。

虹色の髪、虹色の瞳など持たずとも、冴紗は窈窕《ようちょう》たる美人であるが、うっすらと色づくほどの化粧を施《ほどこ》され、いまは男とも女ともつかぬ、まさに天からの遣《つか》いのごとき麗しさである。

女官に背を押され、おずおずと眼前まで進んでくる。

「……羅剛さま……いかがで、ございましょう…？　見苦しくはございませぬか……？」

胸がとろける。

はにかみ、頬を染め、瞼《まぶた》さえあげられず、冴紗は羅剛の返事を待っている。

それはわかっているのだが、喉《のど》が干上《ひあ》がってしまったように、どうしても声が出ぬ。

出逢ったころの冴紗は、ただの薄汚い小僧であった。

立ち居振る舞いも、言葉づかいも、田舎者丸出しで、…そのときですら羅剛は、冴紗に夢中であったのだが……。

「あらあら。王さまは、お見惚《みと》れでいらっしゃる」

女官たちはくすくすと笑いだした。

「お美しゅうございましょう？」

「お誉めにならなければいけませんのよ、このようなときは」

揶揄《やゆ》され、羅剛は照れ臭さを誤魔化すために怒鳴り返した。

「……わ、わかっておるわ！　言葉が見つからぬだけだ！」

さらに笑われてしまった。

「ごもっともでございますわ」

「ですが、お慣れにならないと。冴紗さまがお妃さまの銀服をお召しになるたびに、そのようにお顔を赤らめてらっしゃっては、王としての威厳もなにもございませんわ」

この『花の宮』には、女官も、極力気さくでほがらかな者を集めた。謙虚で控えめな冴紗が、あれこれ気がねせぬようにと配慮したためだが、…それが幸いし、羅剛にとってもたいへん心やすらぐ宮となった。

荒らぶる黒獣と恐れられる羅剛に、このような歯に衣着《きぬ》せぬ軽口を叩けるのは、花の宮の女官くらいのものだ。

冴紗の、光を弾く虹色の瞳が、ちらちらと羅剛を見上げている。

……誉めろと言われても、……俺はとっさに美辞麗句など吐けはせぬ。

これほどの麗容《れいよう》、どれほど名うての詩人だとて、語り尽くせぬに違いない。

冴紗は、『虹の御子《みこ》』と呼ばれ、国の宝として、九つから十五の歳まで、花の宮で暮らしていた。

その後、国教としての『虹霓教』の神官として大神殿にあがり、顔を見ることができなくなったのだが、……五年のあいだに、これほどまで麗しく成長していたとは……。

観念し、苦笑まじりで言った。

「まこと、罪つくりだの、さしゃ」

とたん、虹の睫《まつげ》が震える。

哀しみを湛《たた》え、声さえも震えている。

「……お気に、…召しませぬか……？　……申し訳ありませぬ。それでは、着替えてまいりますゆえ…」

こらえきれなくなり、吹き出していた。

冴紗の反応すべてが、いとしくて、たまらぬ。

……俺の誉め言葉など欲しがらずとも、世の者すべてが、口をきわめて誉めそやすであろうに。

並べば、花さえ羞じらい閉じるであろう麗嫺《れいかん》な姿を持ちながら、冴紗はおのれの美しさに気づかぬ。それどころか、醜《みにく》いとさえ思うているらしい。

寒村育ちで、亡くなった父母も黒髪黒瞳の、平凡な民であったという。

だが、『虹の御子』として崇《あが》められて長い年月経《た》つというのに、冴紗には驕慢《きょうまん》など微塵《みじん》も感じられぬ。初めて逢ったときと同様、あまりに慎ましく、謙虚である。

「気に入らぬわけではない。反対だ。――見惚れた。女官どもの言葉どおりだ。…おまえを大神殿から取り戻してから、しっかりと見ていたつもりであったが、……王妃の銀服姿のおまえを見て、あらためて、見惚れた」

美しさという点では、冴紗のつねの『虹服』も、十二分に美麗なものである。

しかし、『銀』は、王妃の色。

意味するものが違う。

羅剛はしみじみと、言っていた。

「王妃の銀服をおまえに着せるために、俺がどれほど待ったと思う」

『男であろうと、虹の御子であろうと、知ったことか！　俺は冴紗しかいらぬ！　どこの国の美姫をつれてこようと、けして娶《めと》らぬ！　俺の望む『銀の月』は、冴紗だけだ！』

長い年月のあいだ、数えきれぬほど叫んだ言葉だ。

冴紗を可愛《かわい》がる羅剛を見て、最初は兄弟のようでほほえましいと笑っていた家臣どもも、その溺愛《できあい》ぶりを危惧《きぐ》しはじめた。

もしや羅剛さまは、虹の御子さまによからぬ春情《しゅんじょう》をいだいているのでは、…と。

いくら気高《けだか》く美しく、おこころ清くとも、冴紗さまは男のお方。お世継は望めぬ。お二方の仲の良さは、たいへん麗しいことではあるが、……と。

じっさい、羅剛は冴紗以外を抱きたいと思ったことは一度もなかった。

それどころか、初めて逢った日の夜には、湧き起こる欲情に困惑していた。相手はまだ十にもならぬ子供であったというのに……。

そっと、冴紗の頬を撫《な》でてみる。

すべらかな頬は、内から光を発しているかのよう。

いま、二十歳を前にした冴紗は、夢幻のごとき美しさである。

頬を撫でると、冴紗はふっさりと睫を上げ、羅剛を見つめる。

胸が甘狂おしくさわぐ。

出逢ったときは、『皇子』と『虹の御子』の立場。

本来ならば高位であるにもかかわらず、冴紗は臣として羅剛に仕えようとした。

必要以上に謙《へりくだ》り、尊崇《そんすう》の念は、厭《いや》というほど過剰に示してくれたが、瞳などほとんど合わせてはくれなかった。うつむき、こうべを垂れるばかりであった。

感慨深く、思う。

……このように、俺を怖れず見つめてくれるようになったのだな。

頬を撫でる手を滑らせ、瞼にふれてみる。

「ほんに、…見れば見るほど、この世のものではないような……この虹の瞳に、世はどのように映っているのであろうな」

うっとりとつぶやくように、冴紗は唇を動かした。

「世など……映ってはおりませぬ。…わたしの瞳には、…あなたさましか、映りませぬ。初めてお逢いしたときより、…未来永劫《えいごう》」

羅剛は、苦く笑う。

口からの出任せ、追従《ついしょう》ならまだしも、本心から吐く言葉であるから、たちが悪い。

この、幼子のような無条件の信頼と敬愛が、長いあいだ羅剛の欲望を押しとどめていた。触れて、穢して、色を変えさせてしまったら。

邪気《じゃき》のかけらもない無垢《むく》な精神を、汚してしまったら。

いや、…なによりも、劣情をいだいていることを知られ、嫌悪されてしまったら……羅剛は、それこそを、もっとも怖れていたのだ。

「おまえが大人になるまで、……俺は、ほんに、長く待ったのだぞ」

十年、だ。

出逢いから、十年。

どれほど邪魔されようと、家臣神官総ぐるみの姦計《かんけい》で引き離されようと、狂気のような愛情はまったく薄れはしなかった。

そして、ようやく手に入れた。

冴紗はまもなく、羅剛の妃となる。

見つめているうち、たえられなくなった。

咲き初《そ》める春の花より可憐な冴紗の唇に、くちづけていた。

「……羅剛さま…っ…」

羞紅《しゅうこう》して視線をめぐらす冴紗に、笑ってやる。

「かまうな。女官など、宮の飾りだ」

言いながら、しっしっ、と背後に合図する。

少々睦《むつ》む。どこぞへ行け、と。

慣れたもので、女官たちはくすくすと忍び笑いで部屋から下がっていく。

「あまりお熱うございますと、庭の花々が枯れてしまいますわよ、王さま」

「お時間、お忘れなきよう」

「うるさいっ！　とっとと去《い》ねっ！」

怒りの声を繕うが、むろん迫力など微塵《みじん》もない。

花など、枯れるなら枯れてしまえ。

ここに、世にも麗しい『もの言う花』が居るのだ。ほかの花など、いりはせぬ。


ひとけがなくなったのを背で感じると、羅剛は冴紗を抱き締めた。

陶然《とうぜん》となる香りが鼻腔《びこう》をくすぐる。

最高級の洗粉《あらいこ》、乳香《にゅうこう》を与えてはいるが、そのようなものを使わずとも、冴紗は全身えもいわれぬ芳香を放っている。

耳もとでささやく。

「来よ」

「……はい」

言葉に従い、なよやかにしなだれかかってくるさまの、なんと愛らしいこと。

膝《ひざ》に乗せるようにして、椅子に腰掛ける。

驚きまじりに、からかう。

「背に羽根でも生えておるのか、おまえは。こうして膝に抱いておっても、ほとんど重さも感じぬぞ?」

ほほえみ、応えるには、

「……いいえ。羽根など生えておりましたら、すぐ大神殿から御身《おんみ》のもとへ飛んできてしまったでしょう。ですから、神がお与えくださいませんでした」

いとしさに衝き動かされ、激しくくちづけていた。

花のかんばせ、鈴音の声で、冴紗は世にも甘やかな言の葉を吐く。

……まこと、魔物よりたちが悪い。

誑《たぶら》かす気などさらさらなく、手練手管《てれんてくだ》も知らぬくせして、なにゆえここまで男を蕩《とろ》けさせるのか。

羅剛は苦笑しつつ、命じた。

「唇を、開いてみよ」

「はい」

冴紗は潤《うる》んだ瞳で見上げながら、おずおずと花弁《かべん》をとく。
指先で、そのすべらかな唇をなぞり、真白き歯を、撫でてみる。
ちいさな白貝を並べたかのごとき、つつましやかな皓歯《こうし》である。
感触を愉《たの》しみ、こじあけ、指を口中に差し入れる。
されるがままの冴紗を見て、ひどく淫靡《いんび》なことをしている気になった。
「舐《な》めて……みよ」
命じると、素直に舌をからめてくる。
温かい、濡れた感触に、下腹部が疼《うず》く。
羅剛は身の内を駆けめぐる淫《みだ》らな欲望に翻弄《ほんろう》された。
声が掠《かす》れる。
「……吸うて……みよ」
こくん、とちいさくうなずき。
両の手で、そっと羅剛の手を押し戴くように包みこみ、冴紗は指を吸う。
赤子が乳を飲むかのごとき、無心な姿である。
ふいに邪《よこしま》な欲望が膨《ふく》れ上がった。
清らかな虹の御子《みこ》の、この唇に、猛《たけ》り狂うおのが邪悪の塊《かたまり》を、くわえこませてみたい。
命ずれば、冴紗は拒むこともせず従うであろう。溢《あふ》れ迸《ほとばし》る白濁も、けなげに飲み干すであろう。

王である羅剛を、冴紗は心底敬愛している。

羅剛は、おのれの邪心が恐ろしい。

穢したくはない。腕のなかで慈しみ、おだやかにまどろませてやりたい。しかし、こらえようもないほど、この清らかな御子は、男心をそそるのだ。

「抱いても抱いても、……餓《かつ》えが治まらぬ。おまえは、男を至福に誘う天の遣いか？　それとも、邪淫地獄に引き摺《ず》り堕《お》とす、魔のものか？」

冴紗は睫を揺らし、ほほえんでいるようにも、困惑しているようにも見える表情で、視線をそらす。

顎《あご》を指先で押さえ、

「目を、合わせよ。おまえは昔から、俺の目をまともに見たがらぬな。なぜだ…？」

いやいや、と拒むように首を振り、冴紗はふいに話をそらした。

「………お許しを。着替えねば、…なりませぬ。…わたしは、そろそろ大神殿に参らねば……」

羅剛は舌打ちした。

すっかり失念していた。

「もうそのような刻限か？　大神殿のじじいども、約束など忘れておればよいものを！」

王宮で二晩過ごし、そのあとは大神殿で二晩。

大神殿の神官たちとの取り決めであった。

『聖虹使《せいこうし》』

それが、冴紗の、もうひとつの顔である。

虹の御子、神の遣いとされる冴紗は、いまや虹霓教の最高位に即《つ》いている。

じっさいには即位式がすんではおらぬが、神官も民も、すでに『聖虹使』として冴紗を崇め奉《たてまつ》っている。

苦々しい想いで、羅剛はつぶやく。

「俺は、虹霓教のことなどよく知らぬが……もうすこし融通がきかぬのか？　おまえはこれから王妃としての役目もせねばならぬ。崇めるだけなら、虹石に虹の衣装着せておけばよいではないか」

現に、大神殿以外、各村々に点在する虹霓教神殿は、ご神体《しんたい》としてそのような物を飾っているという。

「どうせおまえの前、数百年は、『聖虹使』などおらなんだろ？　虹の髪や虹の瞳の者など、そうそう出るものではないからの。…出ても、女ならば王妃になったのであろうし」

腹立ちを隠しきれずに、吐き出す。

「いままでそれで成り立っておったのだから、これからも、神官や民ども、虹の石を拝んでおればよいのだ」

寂しそうにも見える表情で、冴紗はうっすらとほほえみ、

「お役目でございまする。――それでも、わたしなどを望んでくださる方々がいらっしゃるかぎり、誠心誠意つとめたいと存じます。…なすべきことをなしてこその、幸せでございますゆえ」

ふん、と鼻を鳴らし、

「それも、大神殿の押しつけか？　神官とゆうは、つくづく頭の堅い連中よな。虹の御子と崇めながら、厄介千万な役目のみ、押しつける」

冴紗の眉《まゆ》が哀しげに曇った。

言いすぎたと、羅剛はとたんに後悔する。

そもそも発端は自分にあるのだ。

『虹』の禁色《きんじき》がどのような意味を持つかも知らず、冴紗に授けてしまった。そのうえ、十五の歳、泣いて嫌がる冴紗を、無理遣り大神殿に預けてしまった。

……あのときは、冴紗を戦乱に巻き込まぬようにと、それだけしか頭になかったが…。

けっきょくは、おのれの無知で、ふたりは引き離されることとなったのだ。

思い出すだに腹立たしい。

恋焦がれて狂い死にする前に、かろうじて取り戻せたからいいものの、それでも半分だ

けだ。冴紗は、二日ごとに王宮と大神殿を往復せねばならぬ。大神殿は国の端にあるというのに……。

羅剛は唇を噛んだ。

繰《く》り言を吐いても、冴紗を苦しめるだけだとわかっている。

ようするに、なにもかも自分が悪いのだ。冴紗を責めるのは筋違いである。

精一杯感情を抑え、言う。

「ならば、送っていく。着替えよ」

「……いえ、わたしひとりでも…」

遠慮する言葉を、遮る。

「おまえ、飛竜《ひりゅう》を操るのは不得手《ふえて》であろうに。いつも怯《おび》えておろうが」

修才邏が誇る聖なる生きもの『飛竜』は、地上三百立《りゅう》もの上空を、凄まじい速度で飛行するのである。冴紗の細腕では、御《ぎょ》すのに一苦労なはず。

「ですが……羅剛さまも、ご政務が……」

なおも辞退しようとするのを、しかたなく本音で黙らせる。

「俺が、いっときでも長うおまえと居りたいのだ。もう言うな」

ふたたび隣室へ赴《おもむ》き、出てきた冴紗を見て、羅剛は眉を顰《ひそ》めそうになった。

髪は普段どおり下ろし、虹服に着替えている。

腕を組み、かろうじて表情を抑え込んだ。

冴紗の美しさは、変わらぬ。銀服でも、虹服でも。

しかし、着けている『仮面』が、どうにもこうにも気に入らぬのだ。何度見ても、不快感に襲われる。

『聖虹使』には、さまざまな決まりごとがあるという。

虹の神官服、虹の宝飾品できらびやかに装うこと。人前に出る際は、腰に『虹』の証である飾り弓をつけること。

そこまでは許せる。神の御子として、人々にいかにも煌煌《きらきら》しいさまを見せつけねばならぬのだろうと、羅剛も納得していた。

が、『仮面』で顔を隠すことだけは、いかに古代よりの決まりごととはいえ、不快であった。

冴紗の顔を見られぬことが嫌なのだが、冴紗自身も、内心厭《いと》うているはず。本人は気づいておらぬかもしれぬが、見ているとかなり頻繁に仮面を直すのだ。目をしばたたかせながら。

むろん、顔半分を覆う仮面が、邪魔でないわけはない。

呻きまじりに、羅剛は思う。

……早う、法を変えねばならぬの。大臣どもと話し合わねば。

聖虹使とゆうは、規約が多すぎる。

泣き言などけして吐かぬ冴紗だが、華奢《きゃしゃ》な肩に背負わせるには不憫《ふびん》なほど、重い役目を担わされている。

羅剛は、それをすこしでも軽くしてやりたいと思っていた。


飛竜は花の宮ではなく、王宮の屋上から飛びたたせる。

冴紗をともない、庭の小径《こみち》を王宮へ向かっていると、――回廊のあたりがなにやら騒がしい。

羅剛の姿を認めると、ひとりの衛兵が駆け寄ってきた。

「畏《おそ》れながら、申し上げます！　ただいま、伝令が参りまして、」

即座に怒鳴り返した。

「うるさい！　俺はこれから冴紗を送っていくのだぞっ。そのようなことはあとで聞く！さがれ！」

冴紗との睦みごとを邪魔されたくないため、こちらが命じた者以外近づくなと、きつく命じてあったというのに。無礼な衛兵だ。

戻ってきたら配置換えをしてやろうと、少々苛立《いらだ》ちながら、階《きざはし》へと冴紗の背を押す。

屋上では竜番の者が、すでに二頭の飛竜を支度させていた。

「お待ち申し上げておりました。王さま、冴紗さま」

羅剛の竜は修才邏随一の速さと力を誇る雄、冴紗の竜は、おだやかな気質と優美な姿を兼ね備えた雌である。

向かう大神殿は、国の北端。

世でもっとも高い霊峰《れいほう》『麗煌山《りこうざん》』の頂上に建っている。


陽が沈み、夜の静寂が支配するころ始まり、ふたたび夜の静寂に終わるまで。

この地の一日は、『司《し》』という七つの時に区分される。

紫司《しし》、藍司《あいし》、までは夜。

青司《せいし》、緑司《りょくし》、は太陽があらわれ、輝くとき。

黄司《おうし》でもっとも陽が高くなり、橙司《とうし》で沈み、赤司《せきし》で名残のあたたかさ。

そして、七つの『司』をさらに七つに区切るのが、『刻《こく》』である。

大神殿までは、最速の飛竜でも五刻ほどかかる。つまり、いまから往復すると、戻ってくるのは陽が落ちるころというわけだ。

冴紗を抱き上げ、飛竜に乗せながら、もう一頭の雌竜に声を掛ける。

「おまえはついてまいれ」

多くを命ずる必要はない。

竜はひじょうに知能の高い生きものである。人語《じんご》を解するだけではなく、人の感情をも的確に読み取る。

むろん知能の高さゆえ、気難しさや矜持《ぎんじ》なども合わせ持っていたが、修才邏の竜調教師たちは、数年をかけ、心血《しんけつ》注ぎ、彼らを仕込む。ゆえに竜、とくに『飛竜』は、修才邏を神国たらしめる大いなる力となっていた。

竜あるかぎり、修才邏は無敵
気高くうるわし、そのすがた
諸国の虫を薙《な》ぎ払い
高く御空《みそら》を駆けるべし

古来から巷間《こうかん》、子供たちの戯歌《ざれうた》で謡《うた》われるとおり、『竜』とは、世界最強の生物なのである。

「行け！　大神殿へ！」

手綱《たづな》を引き、命ずると、竜ははばたきを始める。

二、三度、大きく羽根を上下し、風を押さえて、離陸する。そのまま一気に上空へと飛行する。

腕に抱き込んでいる冴紗が、反射的に身をすくめた。

「なにを怖がる？　俺が背後から抱いておろうが。落としはせぬぞ？」

笑い、言ってやると、冴紗はおずおずと手を伸ばし、羅剛の手に重ねた。

「はい」

唐突に、羅剛は痛みに似た感情に襲われる。

……なにゆえ、…俺はこのようなことをしているのであろうな……。

王であっても、こうして国の決まりごとに従わねばならぬ。

素直に大神殿になど向かわず、このままどこかの山奥にでも、…それこそ、冴紗の生まれ育ったという森の奥地にでも、竜を飛ばしてしまおうか。

なにもかもを振り捨て、冴紗とともに暮らせたら。

王冠などいらぬ。国などもいらぬ。冴紗さえおればよい。

手に入れて、腕に抱いているというのに、焦燥感が消えぬ。

……婚姻の儀がすめば、すこしは落ち着くのであろうか。

そうあってほしいものだと思う。ふたりきり、寝所で肌を重ねているときは、天におるかのような幸福感に満たされる。だが、引き離されるときは、いままで以上、身を切られるほどに、つらい。

と、——やわらかな声が、腕のなかから聞こえた。

「崢嶮《そうけん》の美優良《みゆら》王女さまは、ご息災でしょうか」

羅剛は息を吐く。

馬鹿な痛みに捕まってしまうところであった。いま、こうしていとしい者は腕のなかにいるというのに。

さりげなさを装い、答える。

「そうだ。昨日、崢嶮王から詫《わ》び状が届いたぞ」

冴紗は驚いたように首を回してこちらを見た。顔が、わずかに曇っている。

「詫び状……でございますか?」

笑いがこぼれた。

すでに上空で、竜の飛び方も安定していたので、抱きあげ、座り直させる。向かい合わせに。

「ああ。…どうもな、怒り狂った俺に国を攻め滅ぼされると、王家の者ども一同、覚悟を決めていたらしいのだ。王女も従者もなぶり殺しにされるだろう、戻ってくるときは棺《ひつぎ》に入っているだろう、とな。——それを反対に、褒美《ほうび》もたせて帰してやったものだから、延々、言い訳と詫びだ」

「なにゆえ……」

「奴らは虹髪の姫を騙《かた》ったのだ。当然であろうに」

声を上げて、弁護を始めた。

「ですが、崢嶮の方々のせいではございませぬ！　騙ったわけでは…」

冴紗の髪に手を伸ばし、くちづけてやった。

「わかっておる。おまえのこの髪を見なんだら、すべての人間が、あれでも本物の虹髪だと思うたろうよ。…奴らのせいではない。いまこの世にいる人間、だれひとりとして見たことがなかったのだからな」

言葉を探しあぐねている体《てい》の冴紗。

羅剛は安心させるために笑ってやる。

「おまえ、俺を信じておらぬのか？　崢嶮王は、虹髪の王女が生まれたと、最初は喜んで放言したものの、そのあとは王女を人目にさらさず隠しておったのだ。そのうえ、美優良王女のあの機転、――俺はの、心底、あの国には感謝しておるぞ？　それこそ、おまえと入れ替えるために、神とやらが用意してくれたような王女ではないか。あの王女がおらなんだら、俺はおまえを妃として娶れなかったのだからな。これからも、最大限の援助をするつもりでおるぞ？」

ようやく冴紗もほほえんだ。

「はい。美優良王女さま、お名前のとおり、とても、かわいらしく、お優しい方でした。わたしも、これからそのお名をお借りするのですから、けがさぬよう、こころして努めたいと思いまする」

「そうだな」

髪を、指ですくい、梳《くしけず》る。

冴紗は、男としては小柄であるが、それでも身の丈ほどというとかなりの長さ。

しかしこの髪は、まったく絡むことも縺《もつ》れることもないのだ。

……このようなさま見ると、俺でさえ、まこと『神の御子』ではないかと、疑う。

さらさらと。

指間を流れる髪の、すべらかさ。ここちよさ。

さらさら。

さらさら。

幾度かもてあそび、指先に絡め、唇を寄せる。

花よりもかぐわしい香りを楽しむ。

「よう伸びたの。なにゆえここまで伸ばす？　これも、『聖虹使』とやらの取り決めか？

暮らすのに不便ではないのか？」

恥ずかしそうに、冴紗は頬を染める。

「……いえ、『聖虹使』のお役目とは、関わりはございませぬ。羅剛さまが、…むかし、一度だけおっしゃいましたので……」

「ん？　俺がか？　なんと言うた？」

さらに恥じらい、

「はい。……うつくしいと、…お誉めくださいました。…それで、伸ばしておりまする」

甘狂おしさに、胸が疼く。

自嘲で笑いがこぼれてしまう。

「一度だけか？　俺が口に出したのは？」

こころのなかでは、日々思うているものを。

「俺は、…ときおり呆れるぞ。我が身の、あまりの口下手に」

冴紗は、わけがわからぬ様子で小首をかしげる。

その無邪気な仕草に、下腹が脈打った。

「いや……じっさいは、誉める間などなかったやもしれぬな。…俺たちはつねに見張られておったからの」

羅剛が王になったのは、十三。

王といっても、たいした采配《さいはい》権などあろうはずもなく、当時国を動かしていたのは重臣たちであった。

もともと修才邏では、『王』と『重臣』が、ほぼ同等の力を持つのだ。それでなければ、愚王《ぐおう》が立った際、国が滅んでしまうからだ。

冴紗は、なにか言おうとしたのだろうか。唇を開きかけ、だが、ふたたびきゅっと引き結んだ。

「ん？　どうした？」

竜の手綱を左手だけで持ち、右手でその唇に触れてみる。

凄まじい勢いで飛行していても、竜は身など揺らさぬ。水平を保つように調教されているので安心だ。

「なんぞ、…言いたいことがあるのか、冴紗……？」

声がうまく出ぬ。

冴紗を見ていると、いつもこのような心地になる。

せつなくて、いとおしくて、…言葉など、なんの意味も持たぬような気になるのだ。身体が熱く、炎《も》えたちそうになる。

だが冴紗は応えず、瞳を揺らしたまま羅剛を凝視《みつ》めている。

ふいに、指先に濡れた感触が、あった。

さきほど命じたときのように、冴紗は舌先を出し、わずか羅剛の指を舐めたのだ。指に引き寄せられ、無意識でやってしまったかのように。

「……さしゃ……」

はっとした様子で冴紗は舌を引いた。

「……も、…申し訳ございませぬ……」

あわてて口を隠そうとしたその手を、掴《つか》み取った。

「ばか者が……。俺は命じてはおらぬぞ……？」

咎《とが》める声も、甘く掠れてしまう。

いとおしくて、冴紗のなにもかもいとおしくて、胸が焼け焦げそうだ。

想いが通じて、まだ半月あまり。

長い年月こらえてきた恋である。

幾度か肌を重ねたていどでは、この熱さはやわらぎはせぬ。かえって、肌重ねるたび燃えたつばかり。

もはや竜上であることも忘れ、羅剛は冴紗をかきいだいていた。

「………ぁ………」

あえかな驚きの声をあげ、身を引こうとするのを、逃がさぬようさらにきつく抱き締め、虹服の裾をまくる。

「……危のうございます……っ」

「危ないわけがあるものか。竜はしっかり仕込んであるぞ。よしんば俺たちが落ちたとしても、即座に拾いに来るわ」

手を差し入れ、極上の布よりすべらかな冴紗の脚を撫でる。

『聖虹使』は、男でもなく女でもないとされる。衣装も、機能的な男性形ではなく、女性の着用するものに近い。したがって、裾をまくると、下半身を覆うものはなにもないのである。

狼狽し、冴紗は身悶《みもだ》えた。

「このようなところでっ、…羅剛さま……！　国土の上を飛んでおりますのに、…民の目に止まりますするっ」

「飛竜の上など、だれも見てはおらぬ。見ようと思うても、この速さだ。…どうしても民の目が気になるなら、」

せわしなく手綱を引き、竜首を上げた。

「雲の上まで昇ってやろう。——俺は、おまえに触れたいのだ。いま、命じてもいないことをして、俺を炎え上がらせたのはおまえだぞ？」

強引に言いくるめ、脚を撫でる手を付け根まで滑らせようとすると、

「おやめくださいませ！」

冴紗は本気で拒むように言ったのだ。

しかたなく、手を引き、

「――なぜだ？　俺に触れられるのは厭か？」

応えぬ。

重ねて尋ねる。

「こたえよ。命令だ」

手を伸ばし、仮面を毟《むし》り取り、さらに詰め寄る。

「こたえよっ、さしゃ！」

冴紗は瞳に涙を溜め、懺悔《ざんげ》のようにつぶやいた。

「………せつなく、…なりまする。夜が、つらくなりまする。これより二晩、離れていなければなりませんのに………」

命じて言わせたにもかかわらず、羅剛は後悔した。

冴紗の吐く甘やかな毒で、身体がとろけてしまいそうだ。

「昨夜もさんざんかわいがってやったろうに」

冴紗は羞恥に唇を噛み、少々声を荒《あら》らげた。

「ですから、…こらえますから、もう触れないでくださいと申しております！」

いじらしさに、からかってしまいたくなる。

「ん？　では、このような場所ではなく、肌を合わせられる場所であったなら、拒まなか

ったのか？」

涙は虹の睫にからみ、零れ落ちんばかり。

さらに、言うことには、

「……しりませぬっ」

羅剛は、荒れ狂う想いで言葉を失う。

褥《しとね》をともにしてからの冴紗の、なんと、なんと愛らしいこと。

たしかに以前、嘘はつくなと命じはした。

が、いま、…自分への想いを、言葉にも態度にも、冴紗はあまりにもまっすぐ示してくる。なにも隠さず、幼子のごとき純真さで。

嘆息し、羅剛は言葉を吐く。

「俺は……おまえを喰《く》ろうてしまいたいぞ」

肉を食《は》み、骨を噛み砕き、この身のなかに閉じこめてしまいたい。

羅剛の狂恋《きょうれん》はそれほど烈《はげ》しい。

長いあいだ、片恋《かたこい》だと思うていた。

みずからの『銀の月』にできても、自分とおなじような想いは、生涯いだいてくれないと考えていた。『王』として尊敬はしていても、同性に恋愛感情などいだいてはくれないだろうと。

それでもかまわぬ、と。そばにいてくれるだけでよい、と。

恋い焦がれ、求めつづけて、……であるのにいま、腕のなかの冴紗は、あふれんばかりの恋心を、飾ることもせずあらわす。

……狂うてしまいそうだ。いままでとは反対の意味で。

男として求められている喜び。

男として慕われている幸せ。

「ほんに……早う、おまえを妃として迎えたいのう」

冴紗の頬を撫で、つぶやく。

「俺は、…おまえを見ていると、欲が深くなる。幸せなはずなのに、…もっと、もっと、おまえを見ていたいのだ。おまえを抱きたいのだ」

羅剛の手に、自分の手をそえ。甘える仕草で頬ずりをし。

冴紗はおずおずと返してきた。

「……うれしゅう……ございます」

多くを語らぬ慎ましさのなかに、語る以上の想いが篭《こ》められている。

目頭が熱くなりそうな幸福感につつまれ、羅剛は息を長く吐いた。

Ⅱ　大神殿での冴紗

大神殿の屋上では、神官たち総出で冴紗《さしゃ》を待っていた。

今現在、大神殿に住まう神官たちは五十名ほど。

冴紗は『聖虹使《せいこうし》』としてきらびやかな虹色の衣装、飾りを身につけているが、他の虹霓《こうげい》教《きょう》神官たちは、頭まですっぽりと覆う黒の神官服である。

「いつも思うが、奴らがいるところを上空から見ると、虫が群れておるようだの」

冴紗は無言である。

背後から抱き締めているため、身体に緊張が走っているのがよくわかる。甘い睦みごとのあとだけに、その変化は痛々しい。

毎回、このときばかりは羅剛《らごう》も胸が重い。

口ではなんと言っても、大神殿に居るときの冴紗は、どこか気を張っているようで、花の宮でのよく笑う冴紗とは別人のようで、…見ていてひどくつらいのだ。

……俺の命《めい》でなければ、冴紗は従わなかったのだろうな。

むかし、冴紗は本気で、羅剛を護《まも》る騎士になりたがった。

華奢で繊弱《せんじゃく》であるにもかかわらず。

手をまめだらけにしながら剣の稽古をし、最下級でかまいませぬので、兵士にしてくださいませ、と幾度も幾度も頭を下げ、懇願した。

思い出すだけで、目が潤む。

けなげで、いじらしい、冴紗。

望むとおり、兵士にしてやればよかったのか。神官というのは、冴紗がもっとも望まぬ道であった。なれども、王命であればと、涙ながらに神官となった。

いま、どれほど言い訳をしても、俺はおまえが大切であったのだと、それにおまえは弓の腕だけは素晴らしかったが、剣のほうはからきしだったではないかと、なにより、おまえは虹の容姿をしているのだから、一般の男たちとおなじ対応はできぬのだと、…だが、本心は、他の男たちとおなじ兵営に入れたくなかっただけなのだから、――羅剛はどうしても、忸怩《じくじ》たる思いで、胸が焼けるのだ。

「冴紗さま！」

「お疲れでございましょう。ささ、こちらへ」

屋上に降り立つと、黒衣の神官たちは、羅剛にはおざなりな会釈《えしゃく》のみで、さっさと冴紗を連れて行こうとする。

毎度のことである。

神官たちは、羅剛を憎んでいる。

当然のことである。彼らから見れば、羅剛は尊い『虹の御子』を無理遣り我がものとした、神をも畏れぬふとどき者。王でなければ唾《つば》でも吐きたいほどの存在であろう。

むろん、羅剛にとっても、神官など、全員火でも点《つ》けて燃やし殺してしまいたいほど、厭わしい存在であった。

……ふん。奴らこそ、王に対する不敬罪《ふけいざい》であろうに。

だが、短気な羅剛が神官たちの無礼な対応をこらえているのは、ひとえに冴紗のため。

修才邏のみならず、世のほとんどの国が『虹霓教』を信仰していると聞く。

この大神殿は、その総本山。冴紗は、『天帝』以外に、唯一彼らが崇めるこの世の最高位、『聖虹使』なのである。おのれのいっときの腹立ちで事を荒立てても、冴紗が苦しむだけだ。

苦い気分のまま、ふたたび騎竜しようとしているところへ、

「王よ。お急ぎでないのなら、…いかがですかな。冴紗さまの謁見《えっけん》のご様子など、少々ご覧になっていかれますかな？」

背後から声を掛けられた。

羅剛は驚き、振り向く。

最長老が、のんびりと腰を折っていた。

「これよりすぐの、謁見なのですよ。幾日もかけて山を登ってきた民たち、大勢待ちわびておりますのでな。大神殿は、どの国の者でも、この険しい山を登ってきた信仰心あつい者であれば、わけへだてなく門を開きますので、…冴紗さまには、ご到着でお疲れのところ、たいへん申し訳ないのですが」

冴紗はその容姿のため、最高位につけられているが、じっさいに神官たちを束ねているのはこの白髪白髭《はくはつはくげい》の老人である。

虹霓教というのは、あまねく平等を唱える宗教だそうで、厳密には上下関係というのは存在しないらしい。

しかし便宜上の導き手として、年令が高く指導力のある者を『最長老』、つづく七名を『長老』と呼ぶしきたりだという。

羅剛は不快感を抑えず、剣呑《けんのん》な口調で尋ね返した。

「……じじい、なにを企んでおる」

ほっほっほっ、と老神官は呑気《のんき》に笑い、

「それはまた心外な。冴紗さまの、大神殿でのお姿、ご覧になりたいのではないかと、気をきかせたつもりでしたが、…出すぎたまねでしたかな?」

羅剛は眉を寄せた。

出すぎたまねどころか、ひじょうに有り難い話だ。

戦乱に巻き込まぬためと、いっとき預けただけのつもりであったのに、大神殿は冴紗を返さず、宰相や重臣どもも、『政《まつりごと》と宗教は交わってはなりませぬ、世の乱れのもとでございます』などと屁理屈《へりくつ》を並べ、けして羅剛を大神殿に近づけさせなかった。

いま思えば、それは羅剛の激しすぎる冴紗への執着をそらす方便であったようだが、――自分が国法を守らねば、生真面目な冴紗がつらい想いをする。そう思い、言いなりになってきた。

したがって、冴紗がこの大神殿でどのような生活を送っているのか、羅剛はまったくと言っていいほど知らぬのだ。

ふてくされぎみに吐き捨てる。

「食えんじじいだ」

それでも羅剛は、この老神官には比較的心を開いていた。

他の神官よりはこちらの味方であるように感じるからだ。

「では、どうぞ」

あいかわらずのんびりと、先に立って階を下り、廊下を進み、ある扉の前で最長老は言った。

「ご存じでございましょうが、――冴紗さまは、ひじょうに民に慕われておりましてな。

思慕《しぼ》が極まって、不埒《ふらち》な振る舞いをする者がおらぬように、…まあ、いうなれば、謁見を見張る場所でございますな。むろん、あちらからは影すらも見えませぬ」

扉を開けると、室内には、若い神官がいた。

ぎょっとした様子で振り返る。

羅剛も、その顔を見て、思わず眉を顰めた。

見知った顔であったからだ。

……こやつ、…冴紗に惚れておる男ではないか…っ！

いちいち羅剛にたてつき、先日などは、王宮まで単身、冴紗を取り返しに来たほどだ。

神官たちのあいだでは、もっとも血の気の多い男のようだった。

最長老だけが、剣呑な雰囲気に気づかぬかのように、

「和基《わき》、王のおなりじゃ。下がってよいぞ」

若い神官のほうは、露骨に羅剛を睨《にら》んだ。

「ですがっ……」

むろん羅剛も睨み返す。

と、——最長老は、窘《たしな》めるように言ったのだ。

「このお方は、冴紗さまのご夫君《ふくん》でもあられるのじゃ。和基、今日のところは下がりなさい」

渋々といった体で若い神官が出ていったあと。羅剛は低く吐き捨てた。

「まだあのような者、置いておったのかっ。とっくに追い出したと思うたぞ。…だから言うておいたろう。若い神官など、さっさと追い出せと！」

あんのじょう、のらりくらりとした返事。

「そうもまいりませぬのでな。前王の御世《みよ》の、各地神殿取り潰しで、神官はひじょうに減りまして、…『長老』位の者も、現在は五名しかおりませぬ。若い神官を入れなければ、先々存続にかかわりますのでな」

笑いながらのつけたし、

「それに、冴紗さまに懸想《けそう》するようなふとどき者は、神官にはおらぬと信頼しておりましたもので」

羅剛は嘲《せせ》ら笑ってやった。

「は！　萎《しな》びたような老いぼれにはわからんだろうがな、冴紗は、男を狂わすぞ。清らかな見目《みめ》に惑わされて、そばに近寄うたら、男どもは皆殺しだ。…惨《むご》いことをしたものよ。冴紗のあのさま見ながら、おなじ屋根の下に寝起き、…神官ども、地獄の苦しみであったろうよ！」

「さようでございますな。ならば年若い神官たち、誉《ほ》めてやらねばなりますまい」

年寄りのうまい切り返しに、羅剛は渋面を深めた。

たしかに、五年ちかくもこの大神殿で暮らしながら、冴紗は羅剛に抱かれるまで清童《せいどう》であった。それどころか、みずからを慰める方法すら知らなかったのだ。

若い神官たちが、冴紗に激しい恋情をいだいているのはあきらか。であれば、言葉どおり、よう耐えたと誉めてやらねばならぬのかもしれぬ。

ぐうの音も出ぬ状態の羅剛に向かい、最長老はそしらぬ顔で、

「それでは、そちらの壁を、どうぞご覧ください」

うむ、と羅剛も白々しくうなずくしかない。

壁の一部、ちょうど顔の位置あたりに、透明度の高い水石《みずいし》を填《は》め込んであるのか、そこだけ色が違う。

「なるほど。顔を近づけ、目を凝らせば、隣室が見えるのだな」

これは便利と感心しながら、覗き込む。

しかし、ぼんやりと画像を結んだ隣室のありさまに――――羅剛は、胸を刺し貫かれたかのごとき衝撃を受けた。

室内の中央、半立《はんりゅう》ほどの高さの壇《だん》。

その壇上、虹布が掛けられた椅子に、なに者かが腰掛けていた。

息を飲むほどの、虹の眩燿《げんよう》。

この世のものとも思えぬ、神々しい光である。

光は微妙に色を変え、きらきらと、きらきらと、…水石ごしであるので、なにかの歪みでもあるのかと、幾度まばたきを繰り返しても、その虹色の光は消えず、強まるばかり。

羅剛は掠れる声で尋ねていた。

「…………あれは……だれだ……？」

ばかなことを訊いている。

虹織物、虹石の装飾品は、『聖虹使』になる冴紗しか身に着けられぬ。床にまで流れる虹の髪、顔を隠す仮面――あれが『冴紗』以外のいったいだれだというのだ。

壇下、冴紗の前には、みすぼらしい格好の老爺《ろうや》がひれ伏していた。

かすかだが、声も洩れ聞こえた。

真面目に働いてきたにもかかわらず、極貧から抜け出せず、立場も上がらずじまい。老妻はすでに他界し、息子や嫁、孫からも邪険に扱われていると、涙ながらに我が身の不遇を嘆き、『神の御子』からの声を求めている。

「お助けくだせえ、御子さま！　儂《わし》に、どうぞ救いの言葉をお与えくだせぇまし！」

躄《いざ》り、冴紗の衣の裾にくちづけ、ひぃひぃと嗚咽《おえつ》にむせぶ。

羅剛は呆然と見入っていた。

驚きすぎて、怒りの言葉さえ、出ぬ。

壇上で神々しく煌《きら》めく人物が、ついさきほどまで自分の腕のなかでほほえんでいた者と

は、とうてい思えぬ。

そのとき――冴紗の口が開いた。

「あなたの苦しみ、お察しいたします」

遠く遥か、天上からの楽の音のごとく、透き通る声音。

「おつらかったでしょう。お苦しかったでしょう。ですが、神はすべてご覧になっておられます」

言葉はつづく。

慈《いつく》しみ、ねぎらい、諭《さと》し、…聞いているだけで涙が溢れてきそうなほど、あたたかく、愛に満ちあふれた言葉……。

それは間違いなく冴紗の声である。自分が聞き間違えるはずなどない。

羅剛は混乱した。

だが、……あのような冴紗は知らぬ。

羅剛の前の冴紗は、幼く、無邪気だ。自分の言葉ひとつひとつに頬を染め、ときにはむきになり、すね、怒り、たいそうよく泣く。

つねの冴紗なら、老人に身の上話などされたら、同情し、涙ぐんでしまうはず。

なるほど、優しげな言葉ばかりである。しかし、妙にさらさらと、用意してあったような言葉を、作りものじみた淡いほほえみで、吐く。

……あれは、『冴紗』ではないわっ。

ただの、ひとがたではないか！　虹の衣装着せたからくり人形でも使っているのかっ⁉

痛みのごとき怒りが、ふつふつと沸き起こってきた。

羅剛は隣室を指差し、声を荒らげた。

「なぜ、あのようなまねをさせておるっ⁉　いつからだっ？」

最長老は、長い顎髭を撫でながら飄々《ひょうひょう》と、

「――さようでございますな。…たしか、御歳十五のとき、大神殿にあがられてからすぐのことと記憶しておりますが」

羅剛は老神官の襟元《えりもと》を掴み、怒鳴っていた。

「貴様らが無理強いしたのかっ！」

「いやいや。冴紗さまが、ご自身でおっしゃられたのです。他の神官のように修行をすることが許されぬのなら、せめてなにかできることは、と。…私どももまだお早いとは存じましたが、『聖虹使』さまのお役目を、お教えいたしました」

怒りで目の前が暗くなる思いであった。

「……十五、……からだと…？　――見てみよっ！　あの老いぼれなど、冴紗より数倍長く生きているであろうに！　なにゆえ、冴紗に救いを求めるっ？　貧乏だというなら、もっと働けばよい！　国の政《まつりごと》が間違うているというなら、国王である俺に直訴《じきそ》すればよい。

子や孫に疎まれているというなら、話し合い、嫌われている理由を探せばよい。――苦しみのない人生などない！　他者に救いを求めるより先、おのれですべきことがあるであろうに、…あれでは、あまりに冴紗が憐《あわ》れではないか！　あれはまだ、子供だぞっ？　いくら虹の髪や瞳を有していても、他者の苦しみを抱えさせてよい理屈など、通らぬっ！」

言いつのる羅剛に、最長老は淡々と言った。

「どうぞ、お声を低く」

「低く、だとっ？　低くしてほしくば、貴様らもそれなりの行動とれい！　…俺の怒りは当然のことであろう！」

声を荒らげすぎ、羅剛はしばらく肩で息をしていた。

怒りで身体が震える。

知らなかったこととはいえ、冴紗にあのような責務を負わせていたとは……。

息が治まり、羅剛は唸《うな》るように尋ねていた。

「冴紗は、……つねは、言葉が少ない。俺といるときは、よく言い淀《よど》み、言葉を失うことも多いのだ。だが、いまは立て板に水がごとき言葉をつらねておる。あれは、…まこと、冴紗なのか……？」

飄々としているように見えたが、いくらか渋い顔になり、

「過去の聖虹使さま方の、聖なる御言葉の書き付けが残されております。冴紗さまはそれ

をすべて暗記なさり、神髄《しんずい》を噛みくだき、ご自身のお言葉に直して、民ひとりひとりにお与えになられます」

絶句した。

むろん、冴紗が頭脳明晰《ずのうめいせき》であることは、羅剛も承知していた。

出逢い、それから六年の月日を、ともに王宮で過ごしてきたのだ。

……だが、いくら頭がよくても、あれは先日まで自慰《じい》すら知らなかったのだぞ！

みずからが生きていく日常の知識より先に、過去の聖虹使とやらの書き付けを覚えさせられ、神の御子として演じているのか。

はらわたが煮えくりかえりそうであった。

低く、恫喝《どうかつ》するように、羅剛は尋ねていた。

「貴様らは、心が痛まぬのか」

最長老は答えぬ。

それがなによりの答えであると、思った。

隣室では、さきほどの老爺ではなく、若い娘が平伏《へいふく》していた。か細い声で、やはり冴紗に救いを求めている様子。

延々と。

途切れることもなく、延々と。

あのように、すがりつく民たちはつづくのであろう。

信仰という名目に隠した、依存と甘えを吐き出すために。

痛々しさにもう見ていることもできず、…羅剛は視線をそらし、つぶやいた。

「………虹霓教とは、……なんなのだ」

自分は間違っていた。冴紗を盗られたと、憎しみばかりを募らせ、虹霓教がなんたるかを学ばなかった。

もっとさまざまなことを知っていたなら、国王として、なにか手を打てたやもしれぬ。冴紗の苦しみを、もっと早くわかってやれたやもしれぬのに……。

「虹霓教とは、――虹の天帝さまを崇める宗教でございます」

最長老も、痛みを感じていないわけではない。

その証拠に、白々しいほど恬淡《てんたん》とした口ぶりで、語りだしたのだから。

「虹は、この地では七つの色とされておりますが、じつはあまたの色がひとつとなり、形を成す、聖なる現象。太陽の上にも、月の上にもかかりまする。そして我らもまた、あまたの『色』のひとつ。――我らはすべておなじ存在、集まりて虹となり、いつの日か天帝さまのみもとへ参ります」

羅剛は黙って聞いていた。

最長老は教えの師のように、言葉をつづける。

「王よ。一日が、七刻、七司からなり、一年が、七日、七週、七月であることは、ご存じでございましょう?」

「愚弄《ぐろう》する気か！　そのくらいのことは俺でも知っておる！」

「すべて、虹霓教の教えから、でございます。七はすべてを表す数字。一でもあり、無限でもあるのです」

苛立ってきた。

「そのようなことを聞きたいわけではないわ！　もっと本質的なことを申せ！」

首を振り、最長老は言った。

「いやいや。この老いぼれがお教えすることなど、じつはもう、なにもございませぬのですよ。あなたさまは、すでに虹霓教の本質をご存じでらっしゃる」

威嚇《いかく》のように唸った。

「……どういうことだ。詭弁《きべん》で丸め込もうとしても無駄だぞ」

「詭弁ではございませぬよ。あなたさまは、冴紗さまのご苦労をたいへん慮《おもんぱか》っておられる。ご自身も政務でお忙しいことでございましょうに」

ふてくされるように羅剛は言い返した。

「冴紗の忙しさに比べたら、俺など半分寝ているようなものだ」

身を乗り出し、水石の透かしごしにちらりと隣室の様子を見、最長老は言った。

「他者の痛みをみずからの痛みとして感ずることこそ、虹霓教の教えでございますよ。国父としての王さまを『金色の太陽神』、国母としての王妃さまを『銀の月神』、そして二神を従える最高神を『虹霓神』としてお仕えし、あとの者は、すべてが同等。上の者を作らず、下の者を作らず、赤も青も黄も、すべてが含まれての、虹でございます」

耐えられなくなった。

羅剛は荒々しく踵《きびす》を返していた。

「もうよいわ！　じじいの説教など、聞く耳もたぬ！」

怒りのまま、竜に飛び騎《の》った。

上空へ昇り、大神殿から離れても、憤激《ふんげき》が治まらぬ。

だが、…わかってはいた。

いまさらことを荒立てても、もう遅い。

冴紗はもう五年近くも、あのような苦行に耐えてきたのだ。

「………俺は……」

遣る瀬ない想いに胸を焼かれ、呻きを発しかけたが、言葉にならぬ。

いま見た光景が、瞼の裏に焼き付いて、離れぬ。

飛竜の手綱を引きながら、羅剛は、初めて冴紗と逢った日を思い出していた……。

忘れもしない。あれは、父王が暗殺された日。

当時、国は混乱をきわめていた。王弟、つまり羅剛には叔父にあたる周慈《しゅうじ》を担《かつ》ぎあげる一派が、各地で反乱を起こしていたのである。

父、皚慈王《がいじおう》は、羅剛の記憶のなかでは、ひどく無能な男であった。

……無能というよりは、…現《うつ》し身に心あらずといった感じか。

幼いころは、自分を顧みぬ父を憎んでいたが、年を重ねるごとに、それは侮蔑へと変わっていった。

政など、宰相や大臣に任せきりで、自堕落《じだらく》な日々を送る。父が狂的に行なったことは、ただ一点。国中の虹霓教神殿を取り潰すこと、のみであった。

無気力な父。羅剛もまた、黒髪黒瞳の、神に見捨てられたような皇太子。

人望厚く、穏やかな質の叔父上に、人心が集まるのは当然のことである、人々に噂されるとおり、自分は王にはなれぬであろうと、…当時の羅剛は、なかば諦観《ていかん》の境地であった。

そして、十三の歳、――運命の、あの日がやってきたのである。

物乞いではないかと訝《いぶか》しんだほど、痩《や》せこけた、薄汚い小僧であった。

立派な体躯の、父と思われる男にしがみつきながらも、じっと羅剛を見つめていた。

羅剛はそのとき走竜《そうりゅう》の背に、いた。
父王、近衛たちとともに、反乱軍を抑えに赴いた帰りであった。
王宮の正門の前。
が、そこで、殺気を含んだ声がかかったのである。
「王よ、お覚悟を！」
はっと、父も羅剛も、声の出所を探る。
どこだっ？　どこからかかった声だっ!?
だが、剣を抜き、身構える間もなく、
「うっ」
父の呻き。
斬《き》られたのかっ？
「父上っ！」
おのれぇーっ！　と、走竜から飛び降り、父王は謀反《むほん》者に斬りかかっていった。
背は、赤い。
すでにひと太刀《たち》受けている。
羅剛も加勢するため、即座に降竜する。
謀反者はひとりではなかった。近衛のなかにも混ざっていた様子。乱戦になり、剣と剣の斬り結ぶ金属音、悲鳴と怒号。あちこちで火花と血飛沫《ちしぶき》、――どの者が敵なのか、いや、味方などいるのか、と、剣を振るい、せめて父王だけでも護らねばと、斬り合いのさなか、視線を巡らせども、すでに父の姿は血溜《ちだま》りのなか…………みずからの命運も尽きたかと、諦めかけた、そのとき。

「……ひ……っ……」

情けない悲鳴が、聞こえたのである。

しばらくは、なにが起こったのか理解できなかった。

人々は、頽《くず》れるように、地に伏していた。

味方も敵も。剣など投げ捨て。

口々につぶやく言葉。

「……まさか……虹の御子さま……」

羅剛のほか、立っていたのは、あのこ汚い小僧のみ。

小僧は弓を持っていた。

人々の声は、すすり泣くよう。

「……おお！　虹の御子さまが……」

「天帝より聖弓《せいきゅう》を賜りて、世を裁きにご降臨《こうりん》なされたか……」

謀反人どもまでが地に頭を擦りつけ、小僧の前に平伏していた。

血溜りのなか。

だが小僧は、羅剛をだけ、見ていた。

がたがたと震えながら、けなげに言った。

「……し、新、国王陛下、…ご即位、おめでとうございます。…御世がとわに栄えますよう……」


思い出すたび、胸が震える。

冴紗のあの言葉と、態度が、羅剛の未来を切り拓《ひら》いた。

人々は手を合わせ、拝みつつ、言った。


天帝は、人心の乱れし地に、御子をお遣わしになられた。

御子さまが膝を折られたこの方こそ、まことの王である。…と。


そして夜。

それが、長い、身を灼く狂恋《きょうれん》の始まり。

父、皚慈《がいじ》王は、死んだ。

本来ならば父と同様、血の海で息絶えるはずであった自分は、気づくと『王』となっていた。

叔父、周慈《しゅうじ》を担《かつ》ぎ上げる謀反者でさえ、羅剛を王と認めたのである。

あの痩せこけた小僧の、ひとことで。

夜半過ぎ、——羅剛は寝台に半身を起こし、耳を澄ませてみた。

城内は騒然としていた。

とうぜんである。王が暗殺されたのだ。

ましてや、伝説のなかでしか語られていなかった虹の御子の出現。

国の重鎮《じゅうちん》たちは、これからの俢才邏を話し合うため、夜通しの会議であった。

いちおう『王』とはされたが、羅剛など、まだ子供あつかいの、蚊帳《かや》の外。寝かしつけておけばよいと、そのような考えは、聞くまでもないこと。

ふと、思う。

……あの子供はどうしているのか。

生き残ったのは、あの子のみ。父であろう男は、皚慈王を庇《かば》い、無残《むざん》な八つ裂きに遭《あ》っていた。

どくん、と。胸のどこかが、鳴った。

まさか、あの子供まで、自分と同様、無視されているのではないか。

きちんと保護したのであろうか。飯は？　血だらけの身体を洗うように、湯も使わせてやったのか？　眠る部屋は与えてやったのか？　虹の御子などと言い、頭を下げていたのだから、あるていど気は遣ったはずだが、…なにしろ城は、上を下への大騒ぎだ。放りだされている可能性も、ある。

……いや、どれほど厚い待遇でも、心細い思いはしておろう。なにしろ、父親を殺されているのだ。

急かされるように、羅剛は上着を羽織り、剣を持った。私室を出、廊下を警護していた衛兵に訊ねてみる。

「おい。あの子供はどうした」

ぼんやりと立っていた衛兵は、あわてて身をただし、

「……あ、…皇子……あ、いえ、国王陛下…っ」

ふん、と思わず嗤笑《ししょう》が洩れてしまった。

黒髪黒瞳の皇子など、と愚弄していたような輩《やから》が、虹の御子とやらの発したひとことで、態度を豹変《ひょうへん》させている。

下衆《げす》め、と口のなかで低くつぶやき、再度尋ねる。

「あの子供はどうしている」

「……は、はい。あちらに……」

指し示したのは、たぶん別棟の、霊安《れいあん》のために急遽《きゅうきょ》しつらえられた部屋であろう。

昼間の騒乱では多数の死者がでた。

鎧慈王と、近衛兵だとはっきりわかった者だけは、王家の弔《とむら》い室に寝かせられたが、顔のわからぬ者たちは、敵味方の区別なく、そちらに放り込まれたのだ。

子供の父も、そちらに入れられたはず。ならば父の遺骸に寄り添っているのか。

手燭《てしょく》を用意させ、羅剛は別棟へと向かった。


そっと霊安室の扉を押してみる。

室内は暗闇であった。

……ここではないのか…?

首を傾げ、手燭を翳《かざ》してみる。

いた。

室内の、奥まった場所に、仄《ほの》かな耀きがあった。

虹の髪、虹の瞳が、闇のなかでも光を集めるのか、ぼんやりと、朧《おぼろ》な。

驚かせぬよう、静かに、

「暗くはないのか」

子供は、やはりひとつの遺体のそばに座り込んでいた。羅剛の語り掛けに、はっと顔を

あげ、

「……王、さま……」

なぜか、不快感に駆られ、

「羅剛、だ。そのような呼び方はせんでもよい。俺は、暗くないのかと訊いておる」

子供はおずおずと答えた。

「……いえ。光がなくても見えるんです。それに、育ったところも森で、夜は真っ暗だったから…」

「そうか。おまえは不思議な瞳の色をしているから、そういうこともあるやもしれぬな。

――で、どこで育った?」

子供は地方の寒村の名を言った。

「名はなんと申す? 歳は?」

たてつづけの質問に、子供は怯えたような震え声で、

「……は、はい。冴紗、と申します。歳は、九つです」

いつのまにか近寄り、手燭をかかげ、しげしげと眺めおろしていた。

……こいつが神の子か……?

あまりに儚《はか》なげで弱々しい。ただの、田舎の子供にしか見えぬ。

だが、泣き濡れた瞳をしていながら、羅剛の前では、けなげにも涙をこぼさぬ。

不思議な動物でも見るように、じっと凝視してしまった。

子供は、無言に耐えかねたのか、口を切った。

「あの、……父さん、本望《ほんもう》だったと思います。王さまの近衛になることが、若いころからの夢だったって言ってたから。王さまをお守りして命を落としたのなら……」

あとは言葉にならぬ様子。

そこで羅剛は、ふいに強烈な感情に襲われたのである。

人の情など、それまで知らなかった。

自分はいい。父を喪《うしな》っても、心は痛まぬ。

近衛たちも、王の側近になる時点で、死ぬ覚悟はできていたはずである。

しかし、たまたま暗殺現場に居合わせてしまったこの子の父は、無武装の状態であるにもかかわらず、身を盾《たて》にして王を護ろうとした。この子供も、逃げださず、幼いながらも羅剛を救けようと弓を射た。

哀れな親子に、せめてなにか褒賞《ほうしょう》を与えてやりたいと思った。

自分はいま、この親子になにをしてやれる？

しばらく考え、すっ、と羅剛は刀を鞘《さや》から抜いた。

瞠目《どうもく》する子供の前で、遺骸に対し、言葉を吐く。

「では、そのほうらの献身を愛《め》で——修才邏の新国王羅剛が、この者を、近衛士官に任ずる。我が父を冥界《めいかい》においても守り、まことの忠義を尽くすよう。…士官服、剣など、即座に用意させる。棺《ひつぎ》に入れてやるとよい」

言い終え、剣を収める。

子供はこぼれ落ちんばかりに目を瞠《みひら》いていたが、

「…………あ、…あ……りがとう、ございます……！」

初めて、はらはらと涙を零した。

「父さんのかわりに、お礼を申し上げます…っ」

床に頭をこすりつけ、

「慈悲《じひ》深く、気高き国王陛下、――では、わたしは、あなたさまに仕えさせてください！力不足だとは思いますが、命をかけて、終生お仕えいたします。わたしの、とわの忠誠を、お受け取りください！」

うむ。とうなずいてやる。

胸が激しく騒いでいた。

口のききかたもろくに知らぬげな田舎の小僧でありながら、自分に対して懸命に敬意を示そうとするさまが、ひどく哀れでいとおしかった。

そして、正面で見つめた子供の瞳は、魂を吸い取られるほど、清らかであった。

子供は流れる涙を拭《ぬぐ》うこともせず、言いつのった。

「忠誠の証……いま、いっしょうけんめい考えて、なにもなくて、……なので、一生だれにも言わないつもりでしたけど、あんまり畏れ多い真名なので、お耳よごしだとは思うんですけれど、…ほかに証とするものが、ありません。羅剛さま、どうか、お受け取りください。わたしの真名は――『世を統べる者』、と申します……っ」

長い追想から立ち戻り、嘆息する。

この地で、『真名』は、おもての名以上に意味を持つ。だいたいは物心つくころに親が教え、あとは配偶者となる者に教えるていど。他の者には秘するのがならわし。

それを教えるということは、まさしく誠を尽くすという証なのである。

羅剛はつぶやく。

「……世を統べる者……」

それにしても、なんと惨《むご》い真名であろうか。

冴紗は人の上に立つことなど望んではおらぬ。

この戦乱の代に、『世を統べる』ことが、どれほどの苦難をともなうか。

ささやかな、平和な日々をこそもっとも愛す、あの無欲な子供が、…なにゆえ、世など統べねばならぬのか。

怒りに駆られ、天を仰ぎ、咆哮《ほうこう》する。

「天帝よ！　冴紗にあのような特異な容姿を与えるなら、なぜに、心まで神の御子らしいものを与えなんだっ？」

傷つき、悩み苦しむ、人の子としての心など。

なにゆえ、冴紗に与えたのだ……！

Ⅲ　垂れ込める暗雲

ふと気づいた。

沈みかかる紅の太陽を背に受け、凄まじい勢いでなにかが飛んでくる。

飛竜だ。

「永均《えいきん》かっ⁉」

即座に、竜騎士団長の名を呼ばわる。

羅剛《らごう》の命も受けずに飛竜を駆りだせるほど豪気な者は、偉才邏《いざいら》広しといえども、そうはおらぬ。ひとつ間違えば怒りをかい、おのれの首が飛ぶからだ。

あんのじょう、竜上から返ってきた錆声《さびごえ》は、永均のものであった。

「は！　一大事でござる！」

永均竜騎士団長。

肩書きは『竜騎士団長』であるが、軍すべての長であり、王とともに国を治める『七重《ななじゅう》臣《しん》』のひとりである。

修才邏軍では、九割以上が歩兵《ほへい》。選ばれた者だけが地を駆ける『走竜』に騎ることを許され、さらに空を飛ぶ『飛竜』の騎手となると、生え抜き中の生え抜き、全軍中五百名ほどにしか許されぬ、たいへん栄誉ある職務。

ゆえに、『竜騎士団長』という呼称が、最高位となった。

永均は、叩き上げの武人で、歩兵から昇り詰めた男である。

剣の指南《しなん》役でもあった壮年のこの男を、羅剛はたいへん重用《ちょうよう》していた。

「なにごとだっ！　貴様でも、事と次第によっては許さぬぞっ！」

羅剛の厳しい叱責《しっせき》に、手綱を操り、竜を反転させながら、永均は叫び返してきた。

「畏れながら、国ざかいを目指し、兵が大挙して押し寄せているとの報告がござった！」

二頭の竜は王宮をめざし並飛行する格好となったが、上空ゆえ、必然的に声を張り上げねばならぬ。

「なんだとーっ？」

さきほどの王宮での騒ぎを思い出した。

冴紗《さしゃ》に溺れきっていた羅剛は、衛兵の話などまったく耳に入れずじまいであった。

臍《ほぞ》を噛む思いで、

「戦を仕掛けてきたのかっ？　どこの国だっ!?」

一瞬の間があった。

壮年の武官は、キッと前を向き、

「旗印は、東から萋葩《さいは》、南から碣祉《けっし》、さらに西の海から泓絢《おうけん》！」

戦慣れしている羅剛も、さすがに絶句した。

……北以外を取り囲まれたということか……。

なんということだ。

急ぎ、頭のなかで地図を開く。

北には修才邏の属国が多い。美優良王女の生国崢嶮《そうけん》も、虹虫《にじむし》のおもだった産出国である
畢朔《ひっさく》も、大陸の北部である。

畢朔は、数百年ぶりに現われた『聖虹使』候補冴紗のため、虹虫生産でたいへん潤っている。虹色の布を織りあげるには、虹虫の出す糸が必要不可欠なのだ。したがって畢朔は、虹霓教総本山のある修才邏とは共存共栄関係である。

とりあえず北側は安全のはずだ。

そこまで考え、ぞっとした。

……冴紗のいる大神殿は……大丈夫なのか……？

いま来た方向を振り返る。

想いを察したかのように、永均の声が飛んでくる。

「王！　大神殿は、不可侵《ふかしん》の聖域でござる！　俗世《ぞくせ》でなにが起ころうと、攻撃などせぬの

たたえる。……いや、たとい天罰畏れぬ悪国が乗り込む画策《かくさく》し
たにせよ、かの地は、尊き霊峰の頂にござれば、人の足では登山に数日かかるよし、作戦
たててから、我ら竜騎士団が向かえば、なんなく迎撃《げいげき》でき申す！」
羅剛は呻いた。
永均の言葉はもっともである。
地を駆ける生物は、各地にあまた生息するが、空を飛行できる生物は数種のみ。
なかの鳥類は、飛行距離こそ長いが、身の軽さゆえ人を乗せられず、飛鼠類《ひそるい》は、かろう
じて子供ていどなら乗せられるが、家々の屋根ほどの高さしか飛べぬうえ、長時間の飛行
ができぬ。
最高峰に建っている大神殿まで人を乗せて飛べる生物は、世に『飛竜』以外存在しない
のである。
そして、飛竜は、修才邏にしかおらぬ。
不請不請《ふしょうぶしょう》、うなずいた。
「……………わかった。ならばまず王宮に戻れと、そういうわけだな」
しかつめらしく永均は応えた。
「御意《ぎょい》」

王宮の屋上には、大臣たちがいた。

唐突の話である。七重臣すべては揃ってはいないようだが、――竜の背に羅剛を認めるなり、狼狽した様子で駆け寄ってきた。

「王！　お待ち申し上げておりました！」

「お戻りたてのところ、申し訳ありませぬが、」

竜の足が着くやいなや、羅剛は飛び降り、怒鳴った。

「聞いた！　くどい前置きなどよい！　疾《と》く話せ！」

外套《がいとう》を肩に跳ね上げ、大股に会議室へと向かう。

宰相をはじめ、大臣たちはおろおろと小走りについてくる。

羅剛は煮えたぎるような思いで、低く唸った。

「……おのれ…っ。来月には冴紗との婚礼を控えているというのに、よりによってこのようなときに……っ！」

戦など日常茶飯事、慣れたこととはいえ、いまは時期が時期である。

大神殿での怒りもまだ治まってはおらぬうえ、さらに降って湧いたような戦話。羅剛は怒りのため、拳《こぶし》を握り締めた。

……冴紗がおらぬときで助かったわっ。

会議の間の扉を、蹴倒《けたお》すように脚で開け、

「それでっ？　国境警備隊からの連絡かっ？　偵察は飛ばしたのかっ？」

つかつかと、急ぎ王座へ着き、大臣たちに尋ねる。

重臣たちも急ぎ着席し、

「無論、即座に。王命拝する余裕なしと判断、それがしの一存で、竜騎士団員、各二騎飛ばし申した」

速答してきた永均に、うなずく。

「よし！　ならば詳しい話をせよ！」

は！　と短く応え、永均はあらましを語りだした。

「東部国境警備隊から、萋葩軍旗掲げた大軍勢、押し寄せてきたとの、早竜届き申したのが、緑司七刻ごろ。西の海岸警備隊から同様に、泓絢水軍襲来の報《しら》せ、さらに南部から碣祉軍、――ほぼ、ときを同じくしての、襲撃でござる」

修才邏の国土は、『翼を広げた竜』とも言われる形状をしている。

西側は海。その他の北東南は、他国の領土と接している。

腕を組み、羅剛は重く言った。

「三国、結託《けったく》したということか」

どの国も、一国では修才邏の敵ではない。それは軍備だけの話ではなく、国土面積も国力も民の数も、あらゆる意味で、である。

むろん、一国だけの襲撃であるなら、軽く嗤《わら》いとばして返り討ちにしてやるのだが……さすがに三方向から、というのは頭が痛かった。

「地形図を持て」

はい、ここに！　と、話に加われずにいた宰相《さいしょう》が、あたふたと会議卓に拡《ひろ》げてみせる。

室内の全員、一斉に立ち上がり、覗き込んでいた。

「距離は？　迫ってきているのか？」

「いや。物見よりの報告、大軍でござれば、国境まで全軍到達するのは、早くて今宵《こよい》ではないかと」

かるくうなずく。

襲撃といっても、開戦までわずかながら猶予があるというわけだ。

「偵察竜を飛ばし……」

往復にどれだけかかるか計算してみる。

飛竜隊総本部は、王宮を取り囲む城壁内に設置されている。ほぼ国土の中央部である。

西海と東国境までは、片道飛竜で十刻ていど。だが、南の国境は、竜の尾のように長く伸びている。最南端までは二十刻はかかるであろう。

「すると……戻ってくるのは、夜か」

横で覗き込んでいた永均が応じる。

「いや、明日にかかってしまうやもしれませぬ。夜間では敵陣の様子、しかと見届けられぬはず。帰りの騎竜も難儀《なんぎ》でござる」

「たしかにな。虹瞳を持つ冴紗でもないかぎり、夜の闇など見透かせぬが……」

言いさし、呻く。

「………やはり、……目的は、冴紗か……」

ならば納得がいく。

国王羅剛と皥嶮の美優良王女との婚礼、そのうえ冴紗の聖虹使就任式を控え、侈才邏はかつてないほど祝賀の空気に包まれているのだ。国民は晴れ着を用意し、商売人は、ひと月ほどつづく祝いの準備にいそしみ、だれもが浮かれた気分で、その日を待っている。

それは軍部とてもおなじこと。

ここしばらく軍事訓練などそっちのけで、祝賀行列の練習に励んでいたはず。

言い換えれば、いまを逃せば、『冴紗』を奪う機会はないということだ。

悔しさに歯軋《はぎし》りしながらも、羅剛は嘲笑った。

「それにしてものう。数を頼みで、取り囲むか。下賤《げせん》な輩《やから》よの。…三国結託しても、冴紗はひとりしかおらぬのにのう。奪ったのちは、三国が取り合いの戦でもするのか？　ほんに、嗤わせてくれるわ！」

大臣たちは青ざめた顔で、応えぬ。

羅剛は苛立ちをぶつけた。

「なんだ、その辛気臭いつらは！　俺が負けるとでも思うているのかっ？」

びくびくとうつむきかげんに、

「……い、いいえ、滅相もございませぬ。…ですが、…」

ひとりが言い淀み、他者に話の先を振る。

振られたほうは渋々話をつづける。

「………はい。王のご高名《こうめい》、近隣諸国で知らぬ者などおらぬはず。であるにもかかわらず攻撃を仕掛けてくるとは……」

ぐずぐずと言葉を濁す大臣たちに焦《じ》れたように、永均が先を奪った。

「そうまでして、冴紗さまが欲しいのでござろう。虹髪虹瞳の神の御子を戴けば、国は栄え申す。その言い伝えがまことであれば、どれほどの痛手被ろうとも、取り返しはききまするぞ」

机を叩き、羅剛は声を荒らげた。

「伝書の小竜を飛ばせ！　麗煌山近くの部隊を、すべて麓《ふもと》の警備にまわせ！」

頭に血が上ってしまいそうなところを、懸命にこらえる。

羅剛はつねに先手を打ってきた。このように後手《ごて》にまわるなど、あってはならぬことなのだ。

「ぐずぐずしてはおられぬ。戦《いくさ》の準備だ！　各地に早竜飛ばして、陣触《じんぶれ》せよ！　こたびは一般からも志願兵を徴集《ちょうしゅう》する！　三国相手ては、正規軍のみではこころもとない。——重武装なし、綿襖甲《めんおうこう》でも戦う志《こころざし》あらば、どのような者でも取り立てる。さらに、陣夫《じんぷ》、工夫《こうふ》の徴集、…民間使役の走竜も、差し出す者あらば、それなりの褒美をつかわす！」

つぎに、国庫管理の大臣に振る。

「貴様は、兵糧《ひょうろう》、報奨の用意をせよ！　長戦になるやもしれぬ。竜たちの餌《えさ》も、ふんだんに確保せよ！」

羅剛はたてつづけに怒鳴った。

「それから永均！　ふぬけきっておる正規兵どもに喝《かつ》を入れよ！　敵兵ども蹴散らさねば、俺の婚礼など行なえぬ！　心して戦え、とな！」

重臣たちが転がるように出て行ったあと。

会議の間に残ったのは、羅剛と宰相のみであった。

腹立ちまぎれに、わざとどさりと王座に腰掛け、羅剛は自分を嗤った。

「まさか、…のう。さすがの俺も、度胆《どぎも》抜かれたわ」

頭脳だけは明晰であるが、少々気弱な宰相は、額に汗をかきながら言い淀む。

「……さようで、…」

迂闊《うかつ》であった。婚礼の招待など出せば、各国がどのような反応を示すか、わかりそうなものではないか。

しかし、冴紗を手に入れられた喜びで、そこまで気が回らなかったのも事実。

「ああ、…武器庫も見ぬとな。三国相手の戦ならば、国中から弓槍集めねばならぬかもしれぬ。火掛け用の油も、徴発するようか……」

つぶやき、しばらく考えていたが。

気を取り直すように、羅剛は話を変えた。

「ところで……民たちは、どう思っているのだ？　『美優良王女』などという、どこの国の出だかもわからぬような王女を、自国の王が娶ると言うても、…それで納得しておるのか？　それとも、虹の髪しておったら、どのような女でもかまわぬのか？」

宰相は苦笑じみた笑いを浮かべた。

「いえ、…ところが、巷《ちまた》では近ごろ不思議な噂がたっているそうで。聖虹使の冴紗さまは、歴史上始まって以来の、虹髪虹瞳の御子さまであられる。そして、まことの神の御子さまというのは、自由自在に変化することができるだという……」

意味を解し、羅剛は高笑いだ。

「は！　民どもも侮れんな！　つまりは、王女が冴紗であると、そう感づいておるのであろう？　じっさいには身代わりの入内《じゅだい》で、美優良王女というのは、たしかにおるのだがな。

いか！」

だれも知らぬだけで。――それを、冴紗の『変化』とはな！　なんとも素朴な発想ではないか！」

羅剛は冴紗が男であろうが女であろうがかまわぬが、やはり普通は『妃』といったら、女である。民の噂話はなかなか愉快であった。

だが、羅剛の笑いとは反対に、宰相は少々渋い顔である。

「……どうした？　『変化』と勘違いしてくれているなら、それでよいではないか」

どうせ宰相はじめ、重臣、騎士団、大神殿の神官、はては王宮の下働きの者にいたるまで、まわりの人間たちは、冴紗が『美優良王女』と『聖虹使』の二役をするとわかっているのだ。知らぬは民ばかり、なのである。

「いいえ、……どのような王女さま、…はい、こう申してはなんですが、ごく普通の虹髪の王女さまであったほうが、よろしかったのです」

「どういうことだ…？」

考え考え、宰相は応えた。

「冴紗さまを、…いえ、銀服をお召しになられ、『美優良王女』として王のおそばに立たれるお方を見て、他国の王たちは、どのような態度を取られるかと。こたびの戦、無事すみましても、私はそれを心配しておりまして……」

鼻で嗤ってやる。

「それは、歯軋りして悔しがろうな。崢嶮《そうけん》の王、これほどの美姫を隠しておったのか、とな。聞くところによると、髪は虹でも、あまりに醜い姫であるため、おもてに出せぬのでは、…と陰口たたかれておったそうだの？」

一瞬、宰相の顔が引き攣《つ》ったので、

「おまえたちも、そう思い込んで呼び寄せたのであろ？　どうせ俺は冴紗狂いだ。男であろうがなんであろうが、惚れて惚れて惚れ抜いておる。ほかの者になど一切見向きもせぬ。かえって醜い姫のほうが、身の程をわきまえていてよい、とな」

だが真実は、偽の虹髪であったための隠匿《いんとく》。

王女自身は、それほど見苦しい女でもなかった。いや、顔はともかく、知恵の回る、たいへん性格のよい姫であった。そのうえ、従者と恋仲であった。

ふと。ある考えに至り、羅剛も渋い顔になった。

「ああ、……おまえの言わんとしていることは、俺にもわかったぞ。修才邏はこれから、『虹髪虹瞳の神の御子』と、『虹髪の王妃』、ふたりを抱えることになる。…たしか、いま、世に虹の者は、冴紗と美優良王女、ふたりきりであったな？」

「はい。さようでございます」

宰相と顔を見合わせ、眉を顰めた。

「ふん。婚礼の報せを出しただけで、どれほどの醜女《しこめ》かもわからぬ美優良王女をもったいなく思うのなら、実物の冴紗を見たら、……ということであろ？　たしかに、『聖虹使』の役目のときには、仮面をしておるからの。間近で素顔を見せたら、…な」

宰相は気弱な笑い顔で肯定する。

羅剛も、笑い飛ばしてよいのか、危惧したらよいのか、わからぬ。

ただ、低く吐き捨てる、だけだ。

「……知れたことよ。あれを見て、狂わぬ男などおらぬ。…いまさらだ」

たとえ王であろうとも。

自分が、そうであったように。

Ⅳ　わずかの逢瀬

偵察が戻るまで、待つしかない。

全体像が見えねば、布陣《ふじん》の敷き方も、兵の配分も検討できぬ。

急《せ》いては事をし損じる。

これほどの大攻撃でなければ、すぐさま飛竜に騎《の》り、みずから敵兵を蹴散らすのだが、さすがに三方攻めは初めてのこと、羅剛《らごう》としても慎重にならざるをえない。

「手隙《てすき》で休める者は、休んでおれ！　偵察騎が戻ってくれば、即座に出陣だ。しばらくは眠ることもかなわぬぞ！」

言い置き、私室に戻りかけ、…立ち止まる。

胸がざわついて、抑えきれぬ。

自分が負けるわけなどない。それはわかっているのだが、三国結託したということが、どうしてもひっかかる。

これまで一度としてなかったことだからだ。

……永均《えいきん》はああ言ったが……。

真実、大神殿は安全なのであろうか。

不可侵《ふかしん》の聖域だといっても、法を守るは人の心。その心が汚れておれば、規約などただの絵空事《えそらごと》、破るのは簡単である。

羅剛は声に出していた。

「やはり、……俺の目で見るまでは、戦など、出られぬっ」

安全を確信しなければ、恐ろしくてなにもできぬ。

羅剛にとって冴紗《さしゃ》は、おのれの命よりも大切な存在なのだ。

「大神殿へ行ってくる！　冴紗の顔を見たら、即刻戻る。重臣どもに、そう申し伝えておけ！」

警備兵にそれだけ怒鳴り、飛竜を駆る。

むろん、夜間の飛行はたいへん危険をともなう。

竜は夜目《よめ》があまり利かぬ。

必然、騎乗者が手綱をしっかり引き、昼間より低速で飛ばねばならぬ。

だが羅剛は、普段より速い勢いで竜を飛ばした。

気が急いて、のんびり飛ぶことなどできなかったのだ。

やがて――夜にも黒々と、霊峰麗煌山《れいほうりこうざん》が浮かび上がる。

幾度か通った冴紗の部屋は、大神殿の最上階。

まだ灯りはともっていた。

すると、飛竜の羽音が聞こえたのか、あわただしく窓が開いたのだ。

「……羅剛さま…！」

飛び移るからどいていろ、と手で合図する。

冴紗も慣れたもので、さっとあとずさり、羅剛を招き入れる。


部屋に飛び込み、吐息まじりに語り掛ける。

「………さしゃ………」

昼間別れたばかりだが、胸に迫るものがあった。

冴紗の部屋は、飾りもなにもない。『聖虹使《せいこうし》』になるとはいえ、しょせんは神官職。花の宮とは比べようもないほど質素《しっそ》である。

冴紗は窓から身を引いたまま、指を組み、まるで神でも拝んでいるように、羅剛を見つめている。

「ん、どうした？　昼の夜で、もう俺の顔を見忘れたか？」

かるく笑ってやると、我に返ったように、ぽうっと頬を染めた。

あまりにわかりやすい喜びように、胸が甘狂おしく締め付けられる。

「……いらせ、られませ。羅剛さま」

花が舞うかのごとき優美さで、冴紗は頭を下げる。

夜着は薄物で、額飾りもつけておらぬので、衣と虹の髪が動きでふわりと揺れ、まるで天から降り立ったよう。

思わず、羅剛はつぶやいていた。

「懐かしいのう。昔からおまえは、俺が職務を終えて戻ると、そうやって腰を折って出迎えてくれたな」

花の宮の前。

夕刻になると、冴紗はいつも羅剛を待っていた。

雨の日でも、風の日でも。今日は職務が長引くとわかっていても、顔を見るまで、一晩中でも、立っていた。

初めのころは、「いらせられませ」。

羅剛が花の宮で起居するようになると、「おかえりなさいませ」。

顔を見ると、心底嬉しそうにほほえむのだ。いまのように。

「わたしも、……懐かしゅうございます。ふたたび、こうやってお話ができるようになり、……ほんとうに、幸せでございます」

羅剛は言葉に詰まる。

あのころは、わからなかった。

だから、片恋だなどと思い込んでしまった。

こうやって、黙って瞳を見交わすことさえできたなら、互いの想いなど誤解しようもなかった。冴紗はこれほど純粋に、想いを表わしてくれていたのに。

「そう離れておらんで、近う、寄れ」

「……はい」

許しを得て、滑るように近寄ってはくるが、それでもおずおずと恥じらいぎみ。

肌を合わせていても、慎み深い冴紗は、自分から羅剛に触れてくることができぬ。

「あの、羅剛さま……今宵は、どうか…なさいましたか…?」

唐突に尋ねられ、甘苦しい思いが、一気に重くなった。

戦が起きかけている。

俺も行かねばならぬ。

と、告げようとしたが、……できなかった。

告げれば、心痛める。以前のように、自分も戦場に連れて行ってくれと、泣く。

こう見えて冴紗は、国一番の弓の名手であるのだ。

むろん冴紗の細腕で強弓は引けぬが、至近距離からは百発百中、まさに神がかりのごとき命中率を誇る。

……役にたたぬなら、泣いてもそう告げて拒めるものを。

なまじ腕があるから、始末に困る。

そのうえ、戦の策士としては並々ならぬ才があるのだ。訓練兵同士の模擬戦の際も、冴紗のいる隊だけは負け知らず、軍の教官たちも舌を巻くほどの才覚であった。

……おのれのこととなると、ひどく抜けているくせにのう。

羅剛はあれこれ考えたが、けっきょく当たり障りのない言葉で取り繕った。

「どうも、…したりはせぬ。ただ、おまえの顔が見とうなった。それだけだ」

未通《みつう》の乙女でもこれほどたおやかではないだろうさまで、冴紗は喜びを表す。

「わたしの想いが届いてしまったのかと……」

言外に、自分も逢いたかったのだと、告げてくる。

目が眩《くら》むような思いに駆られ、羅剛は冴紗をきつく抱き締めていた。

「……そうか。離れてつらいのは、俺だけではなかったのだな」

冴紗は応えず、ただ羅剛の肩口に顔を埋めてくる。

言葉は少なくとも、甘える仕草が、冴紗の想いを端的に物語ってくれる。

宥《なだ》めるように、髪を指で梳《す》いてやる。

うなじから差し入れ、指にからめ、さらさらと。

ずっと、この光の束のような、薫りたかい虹の髪にからまれていたいと願う。

たおやかでいて、儚なげでいて、心の強い冴紗。

恋のために伸ばしたと言った。

それでは、ここまで伸びるほど、どれほどの想いをこらえていてくれたのか。

そっと、耳もとで尋ねてみる。

「苦しくはないか、冴紗」

昼間の情景が思い出される。

この無垢《むく》な子供に、あれほどの重荷を背負わせてしまった。

少々驚いたふうに睫を上げ、

「はい。なにも苦しくはございませぬ」

今度は直接的な言葉で、尋ねる。

「聖虹使の仕事は、…苦痛ではないか…?」

びくっ、と瞬時身じろぎしたが、冴紗ははっきり言い切った。

「大丈夫でございます」

返事の、意味していることに心が痛んだ。

……苦痛ではない、とは……言わぬのだな。

胸が焼ける。

思い過しであったなら。人々の賛辞で慢心し、民に典訓たれ流すことに喜びを感じているような者なら、よかったのだ。

だがやはり、冴紗は『冴紗』であった。

崇め奉られることなど望んではいない。そして、…こうして問うても、泣き言すら言わぬのだ。

肩を掴み、羅剛は責めるように尋ねていた。

「俺を、……恨んでいるか…？　前に、言うたろう…？　まだ怨んでおるか…？」

心底怪訝《けげん》そうに、冴紗は首を傾げた。

「………は……？」

「言うたであろうに！　俺を怨んでいると！」

焦れてくるのは、胸が痛いからだ。

これほどいとおしく思うているのに、いつも冴紗に苦しみを与えているのは自分なのだ。

この子供は、羅剛のためならどのようなことでもする。おのれのことなど放り出し、持てるすべての力を使い、尽くそうとする。

不憫でならぬ。

針でも飲んだように、胸が痛くてたまらぬ。

冴紗は瞳をめぐらしていたが、ふと思いついた様子で、

「……あ、あれは、……冴紗を、お厭いになっていらっしゃるのだと、…命をかけてお慕いしておりますのに、わたしには、御身を護るお役目すらくださらぬのかと、……申し訳ございませぬ。心にもないことを申しました。…お気になさっておいででしたか…？　まことに、申し訳ないことを……」

はにかみ、困ったような、甘えて言い訳をするような。

「ならば、いまは恨むことはないか？　ほかに望みはないか？　俺は、おまえの望むことならなんでも叶えてやるぞ？」

花のほころぶように、冴紗はわらう。

「はい。冴紗の望みは、ただひとつでございました」

羅剛の手に頬を摺り寄せ、

「御身のおそばに。——それだけが、望みでございました」

ふん、と笑うしかない。あまりのせつなさに。

「欲のない」

「いいえ。大それた望みでございました。おそばにいられるだけで幸せだと思うておりましたのに、…あなたさまは、わたしに、信じられぬほどの深いお情けをくださいました。男でありながら『銀の月』にしていただけるとは……。夢に見たことすらございませぬ。あまりに畏れ多く、……いまでも、信じられぬ思いでございます」

羅剛を見つめ、心底幸せそうに、ほほえむ。

ときおり、これはどういう生きものなのかと、不思議に思う。

羅剛は『女』というものを抱いたことがない。『男』にも、冴紗以外触れたことがない。

だが冴紗は、性を超越した別の生きもののようにも、思えるのだ。

いまだかつて、だれひとりとして見たことのない虹髪虹瞳。

まこと、夢幻の世界からやってきたような……。

顔を見るだけのつもりであったが、たえられなくなった。

この身体の火照《ほて》りをかかえたまま出陣などしたら、勝てる戦も負けてしまうだろう。

「……冴紗。ここは、……人の来ぬところか」

言外に意味を察したのであろう。冴紗は胸のなかで、ちいさくこくんとうなずいた。

「みなさまの宿房より、離れておりますれば……」

視線がさりげなく背後に流れる。

その先には、つつましい木の寝台。

ふいに疼痛《とうつう》のような感覚に襲われた。

「………よいのか？」

考えてみれば、ここは聖なる大神殿だ。

このような場所で、神の御子と呼ばれる冴紗を抱いてもよいものか。

「……はい」

だが、頬を染め、ちいさくうなずく姿に、罪悪感など吹き飛んだ。

寝台に腰掛け、膝の上に冴紗を座らせる。

羅剛は、この体勢が好きであった。不安定なのを言い訳に、強く抱き締めることができ、冴紗も必然的に抱きつくような格好になってくれるのだ。

「俺は、長いことおまえに恋い焦がれていたのでな、…こうして抱いておっても、夢のようだ」

腕のなかに抱き込み、しばらく瞳を見つめていた。

なにか応えようとしたのだろうが、けっきょく唇は声を洩らさず、…ただ冴紗は、瞳を潤ませ、笑むのみ。

潤むと瞳はさらに輝きを増し、なかに星でも瞬《またた》いているよう。

「うつくしい、…瞳だの」

初めて逢ったあの日から、まったく変わらぬ。

清らかで穢れのない瞳。

羅剛は両手で冴紗の頬をはさみ、啄《ついば》むような接吻を与える。

ちいさく。幾度も。

そして尋ねてみる。

「くちづけは、…慣れたか？」

陶然と接吻《せっぷん》を受けていた冴紗は、少々困惑顔になり、

「慣れた…のでしょうか…？　わかりませぬ。ただ、初めて契っていただいたときも、胸が熱くなりましたが、…いまは、もっと熱くなりまする。これは、……慣れたからでしょうか…？」

羅剛は喉の奥で笑いをこらえた。

「さあな。俺もおなじだからな。慣れたのやら、慣れぬのやら」

いとけない子供の言葉は愛らしいが、羅剛自身も冴紗が初めての相手だ。勝手がまったくわからぬ。

「……あの……」

「ん？　なんだ…？」

目のふちをぽうっと赤らめ、冴紗は言う。

「はしたないことを申すようですが、……冴紗は、くちづけを賜るのが、…たいそう嬉しゅうございます。夢見心地になりまする」

こらえきれなくなり、吹き出していた。

「はしたないことなど、あるものか。俺も、」

寝台に押し倒し、羅剛は激しく冴紗の唇を吸った。

「……たいそう、好きなのだ。こうして、唇を重ねておるだけで、胸が轟《とどろ》く」

冴紗はもう応えぬ。睫をしばたたかせ、視線を横にそらし、わずかに羅剛の胸を押し返すような仕草をとる。

わけはわかっていた。

くちづけで兆《きざ》してきたのだ。

羅剛は、熱くなってしまった息で、冴紗の耳もとにささやく。

「昼間言うたであろ？　だれもおらぬ場所なら拒みはせぬと」

返す声は、震える小鳥のよう。

「拒んでなど、…おりませぬ」

「なら、誘っておるのか？」

意地の悪い質問である。

くちづけさえ、つい半月ほど前、初めて交わしたばかり。房事《ぼうじ》などほとんど知らぬ冴紗が、怯えるのは当然のこと。

しかし、けなげにも、

「………はい」

聞きとれぬほどの声で言うと、冴紗はみずからの夜着の前を開けようとする。

が、やはり羞恥が激しいのか、指先が震えている。

みかねて、手を出した。

「よい。慣れぬおまえに無理強いするつもりはない。俺が脱がせてやろうほどに」


冴紗の衣服は、すべて虹織物である。

七色の糸を、髪よりも細く縒《よ》り、そこへ虹虫の繭《まゆ》からしか取れぬ糸を混ぜ、織り上げる。

すると、きらきらと七色に煌めく虹織物が出来上がるのだ。

羅剛は、冴紗のために、数えきれぬほどの虹服を作った。

もうけっこうでございます、と。わたしなどのためにもう国財をおつかいくださいますな、と冴紗はことあるごとに言ったが、…羅剛のほうが、止められなかった。

贖罪《しょくざい》のように、恋情を抑えるたったひとつのすべのように、冴紗のものばかりを命じ、作らせつづけた。

いつの日かかならず、こうして我が手で脱がせると、胸に固く誓って。

肌を覆うものをすべて取り去ると、懸命に羞恥をこらえようとしてか、冴紗は顔を両手で隠した。

だが、全裸で寝台に横たわるさまは、息を呑むほどの瓊姿《けいし》である。

虹の髪が、寝台の上、湖のように広がり、白磁の肌、虹の飾り毛までもが、燭台の灯りを受けて、煌めく。

全身がほんのりと、淡い光をはなっているよう。

美しさに心うたれ、ため息まじりで、つぶやいていた。

「やはり……おまえは神の御子なのやもしれぬな」

冴紗は、覆う手の下から、つらそうに言い返してきた。

「………いいえ、…いいえ。冴紗は、徒人《ただびと》でございます」

「……さしゃ……」

「まこと神の御子であるならば、…このようなあさましき想い、いだいたりはいたしませぬ……」

膝を立て、脚のあわいを隠そうとする。

飾り毛に守られた冴紗の果実は、ゆるやかに熟し始めていた。

羅剛の視線に炙《あぶ》られただけで、まだ触れられてもいないのに。

せつなさに衝き動かされた。

「そうだな。おまえは、徒人だ。神の子などではなく、人の子、…そして、俺の、『銀の月』だ」

羅剛はおのれを責めた。

……たとえ世のすべてが冴紗を神の子だと仰ぎ見ても、俺だけは、人の子だと信じてやらねばならぬのだ。

どれほど姿かたちが神々しかろうと、奇跡のようなことを起こそうと、冴紗本人の心は、まさしく『人』でしかないのだから。

急ぎ、おのれの衣服も取り去る。

ときは限られている。

添うように横になり、いまだ顔を隠したままの冴紗の手に接吻する。

「さしゃ。顔を見せてくれ」

「……はい」

おずおずと離れかけた手を掴み取り、強引に顔から引き剥がしてしまう。

狼狽して声をあげかけたが、押さえ込むためにくちづける。

だが、くちづけても、膝のほうはまだ立てたままぴったり閉じ合わされており、愛らしい果実の熟しようは見られぬ。

頬をつつきながら、からかった。

「貝ではあるまいに、そのように頑《かたく》なに脚を閉じておっては、かわいがってやれぬではないか。…俺たちの交わる場所が見えるくらい、膝を開いてくれ」

冴紗は瞬時に羞紅し、

「…………意地がお悪うございます…っ…」

どうしても笑みがこぼれてしまう。

羞恥に瞳を潤ませ、睨み返してくるさまの、なんと愛らしいこと。

「ほんにの。どこもかしこも、よう熟すわ」

頬にかるくくちづけ、

「ほれ、頬なども、こうだぞ？　俺に食ろうてもらいたくて、熟しておるのか？」

「ほかのどなたが、お召しになりまするっ」

ふっ、と苦い笑いがこみあげ、すんでのところで口走ってしまいそうであった。

どの男も食らいとうて、手ぐすね引いておるのだがの。

無自覚な、魔性の御子め。

自分がどれほど男を狂わしているか、すこしは察してほしいものだ。

「しかたないのう」

立てた膝頭にたなごころをのせ、指先ですっと、うちももを撫でる。

ぴくりとわななないた貝の合わせめから、一気に手を差し入れてしまう。

「…………ぁ………」

内側はしっとりと熱く、中心部には、爆《は》ぜる間際まで熟した果実。

「たしかにの。神の御子ではないな。これほど、はしたないなら、な」

冴紗は唐突に触れられたことで、狼狽し、身をよじった。

「……らご、う、さまっ」

指を弾く感触を味わいながら、からかう。

「ん？　貝のなかに眠っておったこの実は、…いつのまにか露が漏れておるぞ？　なにゆえだ？　まだ啜《すす》ってやっても、揉《も》んでやってもおらぬのにのう。…このままでは俺が食ろう前、勝手にうまい蜜を溢れさせてしまいそうだの…？」

冴紗は身悶え、羅剛の手から逃れようとする。

「羅剛さま…っ……！」

「厭か？　だが、蜜を搾ってやらぬと、熟れすぎて、腐り落ちてしまうやもしれぬぞ？」

「……ら、…ごうさま……っ」

弾む息で必死に抗議するさまが、なんともかわいらしい。

いつものように、羞《はず》かしがるさまを愉しみ、あれこれ戯れていたかったが、――今日のところは時間がない。

羅剛は奥の手をつかった。

ふいに声音を変え、命令したのだ。

「脚を開け、冴紗」

びくり、と身体が強ばる。

冴紗のほうも戯れとわかっていて、どこか甘えた素振《そぶ》りであったのが、声の変化で態度が変わる。

おどおどと上目づかいで羅剛を見、瞼を落とし、

「…………はい」

震えながらも、もう躊躇はせず、冴紗は素直に膝を開ける。

脚のあわい、虹色の飾り毛は、滴《したた》る露を受け、光っていた。

冴紗の果実は愛らしく実り、いまにも爆ぜそうである。

羅剛は唾液《だえき》を飲み込んだ。

欲望に喉が鳴る。

冴紗に聞かせたくはないが、…聞かせてやりたい気もする。

冴紗は、男の欲の生々しさを知らぬ。

……この脚を押し拡げ、可憐な蕾を刺し貫く夢を、…幾度俺は見たことか。

冴紗が幼ければ幼いほど、清らかであれば清らかなほど、淫夢《いんむ》は背徳感に満ち、羅剛の心を蝕《むしば》んだ。

夢のなかでも、冴紗は麗しく、光り輝いていた。

だが、長年見つづけた淫夢とは、決定的に違うところがあった。

「俺はの、…いじめておるようだがの、…違うのだぞ？　おまえの熟した果実を見るのが、心底嬉しいのだ」

夢のなかの冴紗は、羅剛の手を拒み、泣き叫び、逃げまどった。凌辱《りょうじょく》すると、瀕死《ひんし》のさまでもがき、痛みに苦しんだ。

実物の冴紗は、違った。

羞恥に震え、性のふれあいに狼狽しながらも、くちづけにとろけ、喜びの涙を溢れさせてくれた。羅剛の前で、股間の果実を膨らませてくれた。

「そのうえ、…の」

冴紗の脚のあいだに身を移す。

両膝に手をかけ、ぐいっと大きく開いてやる。

「……く……っ」

ふたたび冴紗は顔を手で覆ってしまった。

かまわず、膝を折り畳み、胸のほうに押しやる。当然、果実だけではなく、付け根の双果、うしろの可憐な花の蕾さえあらわになる。

しみじみと、ため息をつく。

「ほんにの。おまえのこのかわいらしい場所を、残忍な医者の手で荒らされずにすんで、よかったと思うぞ。無理にでも大神殿に押し掛けて、正解だったわ」

聖虹使というのは、古来から性器を切り取るしきたりがあったらしい。

女性ならば外性器あたりを切除し、花園の入り口をほとんど縫う。男性ならば、生殖器すべてを切り取るという。

それを知り、羅剛はすんでのところで冴紗を攫《さら》ったのだ。

「考えただけでも、ぞっとするわ。…神官どもは、おぞましいことを考えるものよの。――だが、果実が残っているおかげで、いま、おまえの熟しようがわかる」

羅剛はあれこれ言うているのだが、冴紗は応えぬ。

もじもじと腰をよじっているので、蜜が零れそうなのかもしれぬ。

冴紗はみずからの手で果実を搾ったこともないらしく、必然、ひどく刺激に弱い。視線でなぶるだけで、蜜を溢れさせたりもするのだ。

「………ら、ごう、さま、あの………」

ふいに、震える声がした。

「ん？ どうした？」

膝を押さえる手を離し、尋ねてやる。

「言うてみい。睦みの最中であるからの。古今東西、閨《ねや》のなかではどのような甘えごとも許されるのだぞ？」

かるく言ったのだが、返ってきた言葉は、気弱な問いかけ。

「申し訳ありませぬ、…一度、お尋ねしておきたかったのですが、……このようなこと、まこと、みなさまなさるのでしょうか……？」

瞬時、意味が飲み込めなかった。

「どういうことだ」

「いえ、……冴紗を憐れに思うて、なさってくださるのでは、と……羅剛さまは、たいへん慈悲深いお方でございますゆえ……」

大きく、息を吐く。

胸が熱い。

「なにを言うかと思えば……」

……ばか者が。

どこまで翻弄すれば、気が済む？

愛《う》いことばかり申して、いまの口振りでは、まるでむかしから冴紗は羅剛に抱かれたがっていたようではないか。

「俺は……狂いそうだぞ、冴紗」

いや、すでに狂うておるのか。

男同士の睦みごとのすべてを、冴紗に教えてもよいが、…俺だけではなく、ほかの男どもも、おまえにこのようなことをしたがっているのだと、言うてしまってもよいが、…すこしでも、ほかの男のことなど考えさせたくはなかった。

独占欲が強すぎるとは、自分でも思っているが、しかたない。

羅剛には、冴紗だけなのだ。冴紗にも、自分だけを見ていてほしかった。

「みなのことなど、考えずともよい。おまえは、俺のことだけ、考えておればよいのだ。俺が、したいから、しておる。それだけだ」

いとしさに身の内を焼かれ、羅剛は早急に冴紗の蕾をまさぐった。

「……あっ、……」

予告もなしのことで、冴紗は狼狽し、

「あっ……あ……」

なにかを振り払うように、首をうち振る。

ばさ、ばさっ、と虹の髪が舞い、敷布《しきふ》を叩く。

肛蕾《こうらい》は、冴紗のもっとも弱いところである。

いつも、蕾のまわりをかるく撫でただけで取り乱し、咲かせる前、指で開いてやるだけで嗚咽を洩らし、羅剛のもので花開かせると、惑乱《わくらん》状態になる。

「ここをいじられるのは、…まだ慣れぬのか?」

身をよじり、

「……いや……いや……」

と、うわごとのようにあえぐ。

羅剛の声も、熱いうわごとのようである。

「慣れても、慣れぬでも、よいがの」

昨夜の名残《なごり》の香油《こうゆ》で、蕾はまだ滑らかであった。

「ここは、咲きとうて、うずうずしておるような。ほれ、きつく俺の指にからみつくぞ。早う欲しいのか？」

尋ねても、もう冴紗の耳には入っていない様子。

すがりつきたいように、すんなりとした真白き腕をあげ、だが意識が錯乱してもまだ慎みが邪魔をするのか、抱きついてはこない。

焦れて、その腕を掴み、おのれの背にまわさせる。

「初めのころは、甘い声で俺をねだってくれたのだがの。いまは、声も出ぬほどか？」

責めているのではない。喜びの言葉である。

なにも知らぬ純真な子供に、性の営みを教えてしまった罪悪感はあるが、ここまで身も世もあらぬ風情で悶えられると、感激のほうがはるかにまさる。

「よしよし。いま、やろうほどに」

羅剛のものは、冴紗の愛らしい果実とは違い、すでに凶器の様相。

毎度、ためらうのだ。

この猛々しいもので可憐な花の蕾を突き刺し、花を荒らしてしまわぬかと。

剣《つるぎ》のごとき腰のものを収める、鞘《さや》である冴紗の身体は、ひどく華奢で、かよわげで。

突き殺してしまわぬよう、柔らかな花を裂いてしまわぬよう、心して挿入《そうにゅう》するのだが、……やはり、収めてしまうと、そのあまりのここちよさ、幸福感に、我を忘れてしまうのだ。

花びらに懇願し、開いてもらうように、ゆっくりと腰を進める。

開かれる苦痛に、どうしても逃げをうってしまうのか、冴紗は寝台の上、ずりあがっていくが。逃げられぬよう、その細腰を押さえ、くわえこませる。

「……………あッ……あ………」

花をすべて咲かせると、冴紗はあえぐ。

眉根を寄せ、苦悶しているようにも、官能にたゆたっているようにも、見える。

腰を揺すってみる。

最初は、かすかに。

しだいに、大きく。

「…………んっ………」

冴紗はのけぞり、あえかな声をあげる。

声はあきらかに甘さを含んでいる。

「よいのか」

花を宥めるように、おのれの形に馴染《なじ》ませるように、ゆらり、ゆらりと、身体を揺らめかしてやる。

「………ん……っ…ぁ………」

声をこらえようとしてか、冴紗は自分の指を噛んだ。

ぞくっとした。

清艶《せいえん》な色香に打たれてしまったのだ。

「傷になる。噛むなら、俺の指を噛め」

手をはずさせ、かわりにみずからの指を差し入れてやると、冴紗は、いや、いや、と首を振る。

首をうち振るたびに髪が揺れ、いやがおうにも快感が高まる。

見ているだけで達してしまいそうな、なまめいた姿である。

「よい。神官どもに聞かれたくないのであろ？　俺は、かまわぬぞ。…いや、おまえに歯をたててもらいたいぞ？　噛んでみよ」

腰を揺すりたてながら、口中に再度指を差し入れる。

眦《まなじり》から虹の涙を流し、冴紗はかすかに歯をたててきた。

甘狂おしい感覚に震えた。

清らかな御子の、濡れた内側は、どこもかしこも艶めかしく、羅剛は魂ごと取り込まれているような錯覚に陥る。

冴紗の様子が切羽つまったものになった。

「………ん、……く………っ……」

羅剛の手をしっかり掴み、快感を紛らわせようとするかのように、噛み、吸いつき、だがそれでも、あえぎは止められぬのか、

「あっ…あっ、……ご、…さま、…も…う……」

「いつもの、おやめください、は聞かぬぞ？　蜜を漏らしそうなのか？」

きゅうと手を握り締め、涙ながらに羅剛を見つめる。

恥じらいの強い冴紗は、閨のなかではとくに言葉が少ない。だが、目の動き、染まる肌、甘える動作で、その心は的確に伝わってくる。

……愛されているのだな、俺は。

胸がふるえる。

冴紗は、自分との性行為で、たしかに感じてくれている。

歓喜に、羅剛こそ涙ぐみそうであった。

「……そうか。それほど心地よいか。ならば、もっと揺すってやるからの。突いてやるからの。…俺のものを蕾に含んで、心地よければ、いくらでも溢れさせるがよいぞ？」

おのれの高処《たかみ》をめざすより、冴紗を悶えさせたい。

いとおしくて、いとおしくて、たまらぬ。

手に入れるまで知らなかった。

冴紗の、これほどの愛らしさを。

……神の御子と崇める者ども、だれも冴紗のこのような姿を知らぬのだ。

自分以外の男、だれひとりとして見たことがないのだ。

冴紗は、切れ切れに哀願した。

「………らごう、さま、……くちづけを……賜りたく、……」

果実への刺激なしに、蕾の快感だけで蜜を出すとき、冴紗はかならずおなじ言葉をつぶやく。

意識が朦朧《もうろう》としていても、そのていどしかねだらぬのだ。

「おまえ、ほんに『くちづけ』が好きだの。ほかに欲しいものはないのか？　閨のなかではなにをねだってもかまわぬと言うておるに、…まったく、欲のない奴だ」

そのうちに、「花を咲かせてくださいませ」と。「冴紗の花に、御身のお情けをくださいませ」、と。

甘えた声で言わせてみたいものだ。

そう思いながら、羅剛は唇を重ねた。

腹に冴紗の蜜を受け、熱さに触発された。

羅剛も余裕なく、冴紗の花内に蜜を注ぎ込んでいた。

「……ぁ……ぁぁ……」

細く、糸のように細く、冴紗は声をあげ、喜びをあらわしてくれた。


余韻も醒めぬうち、身を起こす。

夜が明けぬうちに王宮へ戻らねばならぬ。

冴紗の身体に溺《おぼ》れ、少々長居をしてしまった。

「……も、もう……お戻りでございますか……」

まだ整わぬ息で、冴紗が尋ねた。

「ああ」

そっと抱き起こし、髪を撫でてやる。

羅剛は、ごく普通の声を取り繕い、今日の本当の用件を告げた。

「じつは……すこし、国外へ出掛けねばならぬ用事ができたのだ。二晩後に迎えに来れぬやもしれぬ。そのときは、ここでおとなしゅう待っておれ。おまえの竜はいちおう置いておくが、…俺が迎えに来るまで、けして大神殿から出るではないぞ?」

言いながら、胸が締めつけられる。

果たして、それはいつになるのか。

「どちらへいらっしゃるのですか…？」

とっさに嘘《うそ》をついた。

「まあ、さまざま、だ。婚礼の準備をせねばならんのでな」

「では、お帰りの日時も……」

「そうだな。いつになるやら、わからぬな」

とたん、寂しげな、うち捨てられるような顔をし、そのあと、少々恨みがましい目になり、最後には、しょんぼりと伏し目がちに横を向く。

変わる表情の、なんと素直でわかりやすいことか。

頬を撫で、笑んでやる。

「そうすねるな。かならず無事に戻る」

伏し目のまま、つんと言い返してくる。

「すねてなどおりませぬっ」

羅剛は声をあげて笑った。

これがあのとりすました『聖虹使』とおなじ者かと、疑ってしまう。

自分への思慕《しぼ》を、飾ることも隠すこともせぬ。

「すねてないのなら、すねてみせよ。離れとうはないと、甘えてみせよ。…おまえのねだる言葉が、俺は好きなのだ」

冴紗は涙を浮かべてしまった。

「………ひどう…ございます。…必死でこらえておりますものを、…そのように茶化しておっしゃる……」

胸を衝《つ》かれた。たしかに、自分を心底慕ってくれている冴紗に対して、ひどい物言いではあった。

羅剛は謝り、宥めた。

「……すまんだ。だが、……寂しいと、思うてくれたのだろう…？　二晩後に、俺に逢えぬのはつらいと」

冴紗は、うつむいて首を振った。

「いいえ、……いいえ」

頤《おとがい》を指先で持ち上げ、顔を覗き込む。

「なぜ俺の目を見て言わぬ？」

あんのじょう、涙は零れ落ちんばかり。

だが、けなげな笑みを作り、

「――こらえまする。ながの年月、御身をお慕いし、…生涯かなわぬ恋だと諦めておりましたのに、…………ちかごろ、冴紗は、こらえしょうがございませぬ。…申し訳なく思うておりますゆえ……」

胸苦しい想いで、責めた。

「ばか者が。なぜこらえる必要がある。俺は、…おまえと居りたいと思うぞ？　朝も夜も。一時も離れず、おまえと番《つご》うておりたいぞ？　俺たちは、来月婚姻の儀を迎えるのだ。なにをはばかることがある？」

ぽろりと、冴紗の頬を、涙が流れた。

正面から視線を合わせ、哀願でもするように、言った。

「どうぞ、ご無事で、お帰りくださいませ。お待ちしておりますゆえ……」

ぎくりとした。

奇妙な物言いである。

我知らず、つねと違う態度をとってしまったのか。冴紗も、なにか感づいてしまったのやもしれぬ。

羅剛はそらとぼけて言った。

「案ずるな。たかだか数日、国を空けるていどではないか。むろん、無事に帰るに決まっておるわ。——ああ、戻ったら、婚礼の打ち合せを詰めねばの。おまえもさらに忙しゅうなるぞ？」

ぽろりと。

ふたつぶめの涙。

羅剛はあせり、必死になだめた。

「泣くな。おまえの涙は麗しいが、……俺のために泣いてはならぬぞ？　命令だ。もう泣くな」

冴紗はうなずき、涙を止めようとしたのか、指先で目頭を押さえたが、さらに、三つぶ、四つぶ……。

「……わかりませぬ。なぜなのでしょう……？　なぜ涙が止まらぬのでしょう……？」

本人も困惑し、哀しげな声で尋ねてくる。


胸掻き毟られるような気分であった。

……なにか気づいてしまったのだろうな。

事情は知らずとも。

羅剛の身に危険が迫っていることも。肌を合わせた者の勘で。

冴紗は屋上まで見送ると言い張った。

が、神官たちに見つかると困るであろう？　と、無理に言いくるめ——羅剛はひとり屋上へ登った。

竜に語りかける。

「待たせたな。用事はすんだぞ。では、行くか」

竜はいつもどおり身を屈め、騎乗を待っている。

しかし、後ろ髪引かれる想いが強すぎ、足が動かぬ。

羅剛はおのれに言い聞かせた。

……しばしの別れだ。

今生《こんじょう》の別れにするつもりはない。

かならず無事に戻り、ふたたび冴紗をこの腕に抱く。

しっかりするのだ。自分が臆してどうする。

「待っておれよ、冴紗。…俺は、約束を違《たが》えたりはせぬからの」

そのとき、背後に人の気配を感じ、羅剛はハッと振り返った。

黒い影がいくつか近寄ってきていた。

なかのひとりが語りかけてきた。

「飛竜の羽音がしましたので、もしやお預かりした竜が逃げてしまったのではと、急ぎ上がってまいりましたが。……あなたさまでございましたか」

聞き慣れた最長老の声であった。

内心ほっとしながら、

「ああ、俺だ。もう帰るところだがな。冴紗の竜は、…ほれ、そこでおとなしゅう寝ておるわ」

顎で指し示す。

しかし最長老は竜には視線をやらず、探るように羅剛を見た。

「どうか、なさいましたかな？　下界がなにやら騒がしいようでございますが」

あいかわらず察しのいいじじいだ、と唇が歪む。

「下界、か。…たしかにな。ここは雲の上のような場所だ」

それでも、騒ぎはあるていど伝わるのだ。いや、高い場所であるがゆえ、一目瞭然《いちもくりょうぜん》なのかもしれぬ。

ならば、隠しても仕方あるまい。

端的に、羅剛は事実を告げた。

「戦が起こる」

息を呑む神官たちに、つづける。

「冴紗には、報《しら》せるな」

「ですが、王っ…」

食いついてきた若い神官の言葉を遮り、さらに念を押す。

「報せるな。なんのための雲の上だ。隠しとおせ。謁見に来る民どもにも、口止めしろ」

最長老は静かに尋ねてきた。

「危険な戦、…なのですな…？」

ふん、と鼻で嗤ってやる。

「でなければ、貴様らなどには頼まん」

息を呑み、神官たちは黙りこくった。

傲慢《ごうまん》な羅剛がそこまで言ったのだ。国の存続にかかわる事態であると、即座に察したようだった。

ふと、ひとりの神官と、視線が合った。

昼間、謁見を見張っていた、あの若い神官である。

「貴様……」

もとから腹の立つ男であった。冴紗の守護者きどりで羅剛にも直言《ちょくげん》し、剣さえ向けようとした。さらにこの男は、いま断腸《だんちょう》の想いで去らねばならぬ自分とは対照的に、冴紗とと

もにこの大神殿に残れるのだ。

威嚇《いかく》の唸り声をあげそうになったが、――羅剛の口から出たのは、おのれでも意外な言葉であった。

「……冴紗のために、死ねるか」

神官も唸り声でもあげそうな尖り顔で、言い返してきた。

「もちろんです！　あの方の御ためであれば、命など、なにも惜しくはありません！」

大きく一度、息を吐いた。

羅剛は腰の剣を取り、若い神官に差し出した。

「――麓に、できるだけの兵は配備した。だが、万が一、敵がここを襲撃したなら、――貴様、この剣で戦え。俺が、許す」

神官は一瞬驚愕《きょうがく》の表情になったが。

即座に手を伸ばし、しっかりと、受け取った。

「承知いたしました。…命にかえても！」

羅剛は竜の背に飛び載り、言い捨てる。

「ここは、どの国の支配も受けぬ、不可侵の聖域なのであろうっ？　ならば貴様ら、――冴紗を護りぬけ！　俗世の汚い思惑で、あれを穢れさせるな！」

V　開戦

夜明け前には王宮へ着いた。

偵察騎《ていさつき》はまだ戻ってきてはおらぬ様子。嵐の前の静けさか、王宮は奇妙に凪《な》いだ空気であった。

しばしでも休もうと、羅剛《らごう》は私室に戻った。

動きが出たならすぐさま動けるようにと、外套《がいとう》のまま寝台に横になったが、…眠りなど訪れるわけもない。

羅剛の寝台は、石造りである。

柔らかな敷物も使わぬ。掛物は毛皮一枚きり。

外地での戦闘の際、野営に身体が慣れておらぬと苦労する。

それだけではなく、羅剛は十三のときより願《がん》をかけていたのだ。

冴紗と眠る場所以外は、石でかまわぬ。

冷たく堅い床《とこ》に寝起きし、粗食にあまんじ、豪奢《ごうしゃ》なものなどなにも望まぬ。

『なにもかもを引き替えにして、かまわぬ！　どれほどの艱難辛苦《かんなんしんく》を味わうことになってもかまわぬ！　我に冴紗を、あの清らかな魂を、与えよ！』

神にも魔にも祈った。あらゆる者どもに言挙《ことあ》げした。

羅剛の恋狂いは、もう十年になる。

だがむろん、冴紗本人だけは知らぬ。おまえは花の宮から出るでない、本宮には近づくなと、再三念を押している。

そしていま、冴紗は手にすることができたが——これからも、王宮のこの自室だけは、変えるつもりはなかった。

じっさいには、羅剛の望みは叶ってはいないのだ。

唇を噛み締め、虚空《こくう》へ向かって威嚇する。

……各国の王よ。それほど、冴紗が欲しいか…っ!?

それほど、虹の御子の威光を望むか…!?

自分は、下賎といわれる黒髪黒瞳でありながら、国を発展させてきた。『虹』の力など借りずとも、王の采配《さいはい》ひとつで国は栄えも滅びもする。

……それとも、…いまの繁栄ですらも、冴紗の力であるのか……。

羅剛は思い返してみる。

いまだ腕に残る、冴紗のぬくもり。

恥ずかしさをこらえ、羅剛の欲望を懸命に受けとめようとする、けなげな姿。

あの婀やかな柔肌《やわはだ》を虹服に包み、あの無垢な表情を仮面で隠し、…なにゆえ、冴紗は『神の御子』など装わねばならぬのだ。

「………不憫な」

あのような姿をしていなければ、とうの昔に『銀の月』としていた。

冴紗がむくつけき姿であっても、世にも醜い姿であっても、この想いはいささかも揺らぎはせぬ。真心を尽くし、想いを捧げ、おまえを抱いておろう。

だが、いくら羅剛がそう思うていても、真実の冴紗は、あらゆる男どもを誑かす、聖なる魔性のごとき姿……。

羅剛には、わかっていた。

たぶん、ここまで胸がざわつくのは、大きな不安の種があるからだ。

……初めてのとき、俺は力ずくで冴紗を我がものとした。

天帝とやらが怒り、褻瀆《せっとく》の罰を与えようとしているのではないか…？　冴紗はやはり冒さざるべき聖なる存在で、生身の男と情など交わしてはいけなかったのではないか…？

声に出して反論していた。

「しかし、ならば、屠《ほふ》られるのは俺ひとりのはず！」

戦が起これば、兵が死ぬ。民が餓える。国土が荒れる。修才邏のみならず、巻き込まれたすべての国が。

冴紗にもむろん、多大な苦しみが降りかかる。

あれは諸国万民の、信仰の対象だ。

かりに真実、冴紗が神の子だとしても、御親神である『天帝』が、そのような無体《むたい》をするものか…？

羅剛は首を振る。

その答えは、以前冴紗からもらっている。

花の宮の褥《しとね》で抱き、自嘲ぎみに、

『俺は神の怒りに触れ、いつか殺されるやもしれぬな。おまえをさんざん泣かせてしもうたからの』

と言ったとき、冴紗は毅然《きぜん》と答えたのだ。

『神は、お怒りになることはございませぬ。人を正すため、諭すことならなさいますが…もし、怒りのためになにかをなさったのなら、――それは、神ではございませぬ。魔でございます』

低くつぶやく。

「冴紗の言葉は、正しいはず」

正しくなくとも、自分は信じる。

あれは、羅剛の『銀の月』になる者。

命をかけて愛する者だ。

たとえ嘘でも偽りでも、自分だけは、最後まで冴紗の言葉を信じるのだ。


うつらうつらしかけたとき、騒がしさに気づいた。

外は薄明るくなっている。

「偵察が戻ってきたか！」

羅剛は跳ね起き、部屋を飛び出た。

あんのじょう廊下のむこうから、騎士団長永均《えいきん》をはじめ数人の騎士たちが報告に駆け付けるところであった。

「どこだっ？　戻ってきたのはっ？」

駆けながら若い騎士が応える。

「はい！　萋葩《さいは》との国境、東部への偵察隊です！」

予想どおり、もっとも短距離を飛んだ者であった。

顔を突き合わせると、羅剛は会議の間に進む。騎士には擦れ違いざま怒鳴る。

「状況報告せよ！」

羅剛の短兵急《たんぺいきゅう》な態度にも、さすが軍部の者は慣れており、つき従いつつ報告する。

「萋葩軍数は、およそ五万。重装備二万、歩三万といったところです。国境まで進軍してきましたが、いまだ仕掛けてきてはおりません」

振り返って尋ねた。

「仕掛けてこぬ…？」

どういうことだ。奇襲を狙ったのではないのか。

「はい。陣形も取らず、ただ威嚇するかのごとく、国境沿いに広がっているだけでした」

苛立ってきた。

「永均！　若造の報告では要領が掴めぬ！　おまえか俺が行けばよかったわ！」

せめて副騎士団長あたりを飛ばせるべきであった。

むろん今回の状況では無理な話であったし、若造などと侮蔑しても、ほとんどの竜騎士団員は羅剛より年長であるのだが、…年令ではないのだ。『王』である自分とは、戦への覚悟が違う。

若い騎士を押し退け、永均が言い訳した。

「なれど、我が軍の配備いまだ済んでおらぬにもかかわらず、国境突破もせぬ次第、それだけは、しかと報告受け申した」

羅剛は唸った。

じっさいのところ、苛立っているのは騎士の報告ではなく、その内容のほうだ。

……なにゆえ、仕掛けてこぬのだ……？

解《げ》せぬ。

そして、不気味だ。

いまならまだ国境警備隊しかおらぬ。本隊が援軍に駆け付ける前に、突破するのが常道《じょうどう》のはず。

羅剛もそのつもりで、迎え討つ場所をあれこれ思案していたのだ。

「王！　団長！」

会議の間直前、声が掛かった。

副騎士団長である。駆け寄ると、さっと片膝つき、

「ただいま、西方偵察隊、戻りました！」

「申してみよ！」

「戦船、およそ百！　泓絢《おうけん》水軍、総出の攻撃と見られます！」

「上陸許したかっ！」

「畏れながら、我が軍の睨みに臆したか、敵はいまだ、射かけてはこぬ模様！」

背筋を虫が這っているような不快感に襲われた。

腕を組み、永均騎士団長を見やる。

永均も苦虫を嚙み潰したような渋面である。

「どう思う、永均。あとは、南方、碣祉《けっし》軍の報告を待たねばならぬが……」

まさか、二軍が同様の動きを見せるとは。

「いや。待つまでもなきこと。ときおなじくしての攻撃でござろう」

「……やはり、そう思うか」

竜を保有しておらずとも、竜の能力は広く世に知られている。そして修才邏《いざいら》の国土をどれほどの刻で縦断できるかも、各国周知のはず。

なれば、偵察竜が往復し、作戦立てて迎え討つのを、敵方は待っているということになる。

……我が軍の兵力を分割するためか。

それも、奇襲ではなく、である。

「完全に、修才邏軍を潰す作戦か。我が軍とまともに戦い、勝てるつもりか」

めずらしく永均が鼻で嗤う。

「猪口才《ちょこざい》な」

羅剛も嗤い、誉めた。

「ふん。よう申した、永均」

普段顔色ひとつ変えぬ武人の言葉である。騎士団長のその言葉は心強い。

羅剛は声を張り上げた。

「即座に、重臣ども、集めよ！　作戦会議だっ。――貴様らも、加われ。竜上から見てきたさま、詳《つまび》らかに話せ！」

国の『重臣』と呼ばれる者は、七名。

虹霓教《こうげいきょう》を信仰する国々では、だいたいがおなじ形態を取っており、国の政務を七つに分けている。

国々で呼び名は違うが、ようするに『軍の指揮』『徴税、国庫の管理』『民たちの教育指導』『役人たちの採用、管理』『農林水等、各産業の管理、指導』『罪を犯した者の処置、処罰』『貿易等、諸国との対外的な業務』――その各政務長が、七名の重臣たちなのである。

そして、七名を束ねる役目のものが『宰相』である。

青司、三刻。

陽は昇り始めた。

早朝の空気のなか、慌ただしく七重臣が集まり、羅剛、宰相、騎士たち、と熱気で噎《む》せ返るような室内、会議が始まった。

「指揮は、俺と、騎士団長、副団長。それで三方、飛ぶ。数はどうするか」

切りだした羅剛の言葉に、重臣どもがざわめいた。

話しかけたところに、その態度。羅剛は声を荒らげた。

「なんだっ？　なにか文句でもあるのか！」

答えたのは、宰相。

「畏れながら、王は、ご婚礼を控えた大切なお身でございます」

「だからどうしたっ!?」

「いえ、……ですので…」

「俺が戦わねば、だれが戦うっ？　この国は、俺の国だぞ!?　戦って勝たねば、冴紗も心安らかに妃にはなれぬ！」

堅い声で割って入ったのは、永均である。

「王には、王宮にて統括指揮をとっていただきたい。こたびの戦、全軍総出でかからねばならぬ総力戦。なにかあった場合、…申し訳ござらぬが、宰相殿、他の重臣の方々では、兵の指揮をとれ申せぬ」

ふん、と嗤ってやった。

言っていることはもっともだが、王である自分を戦場へ赴かせたくない考えも、はっきり透けて見える。

「――まあ、いい。納得してやろう。それで、」

言いかけたときであった。

「申し上げます！　南部偵察隊、ただいま戻りました！」

扉のむこうからの声に、室内どよめいた。

「もう戻ったか！　ようやった！　早ういれよっ。結果報告だ！」

急ぎ、扉のそばにいた者が招き入れる。

南部に飛んだ騎士は、見てわかるほど疲弊していた。

当然である。昼間でも片道二十刻はかかる距離を、夜間ほぼ同時間で往復したのである。

天晴《あっぱれ》と誉めてやらねばならぬ。

だが、——報告を聞いた者たちは、一様に黙りこくってしまった。

南へ飛んだ騎士は、疲労に嗄れた声で、こう言ったからである。

「兵は、…地平線まで、見渡すかぎり、…少なくとも十万はおるのでは、……そして、旗が、三旗、掲げてありました。碣祉《けっし》のほか、泓絢《おうけん》、萋葩《さいは》の旗が……」

緘黙《かんもく》のあと、羅剛は低く問いかけた。

「では、糸を引いているのは碣祉だと……？」

だれも、応えぬ。

しかし、尋ねるまでもない。三国の旗を掲げたということは、意味は明らかである。

碣祉。

砂の国だという認識ぐらいしか、羅剛にはない。

国土は修才邏の三分の一ほど。

民も少ないはず。であるならば、十万の兵士というのは、国内の男をほとんど召集しての挙兵ということではないのか。

ううむ、と呻きかけたとき、ささやき声が耳に入った。

「……それにしても泓絢と萋葩、……あの国々はまだ恨みを忘れてはおらぬのか……」

即座に怒鳴った。

「小声で話すな！　俺に聞こえるよう申せ！」

声を出したことによって、怒りの炎がさらに燃え上がった。

「泓絢と萋葩だとっ？　なにゆえ、あのような小国が歯向かうっ？　我が国とは和平が保たれているはずではなかったのか⁉　…恨みとは、なんだ？　碣祉は、なぜその二国を掌握したっ？　わかっているのなら、事細かに話せ！」

重臣たちは顔を見合わせた。

妙な間があった。

そしておずおずと話しだしたのは、

「………王よ。ご存じではなかったのですか…？　泓絢は、亡き王妃、王の母后さまの、ご生国ではありませぬか」

予想外の話の展開に虚《きょ》を衝かれた。

「なんだと…？」

苛立ち、言い返す。

「俺が知るわけはないだろう！　貴様ら、だれか俺に教えた覚えがあるかっ？　…ないであろうに！　俺がまともな教育を受けておらぬことくらい、父上の代からの臣ども、すべて知っておろうっ？」

重臣たちは目を伏せぎみに、咳ばらいで誤魔化す。

ぐるりと見回し、息巻いた。

「よい！　貴様らが父上に逆らえなかったことくらい、俺もようわかっておるわ。咎めはせぬ。だが、いまは俺が王だ」

睥睨《へいげい》し、命じる。

「申してみよ。包み隠さず。泓絢とやらで母が生まれた。そこまではわかった。ならば、なぜ我が国を恨む？　萋葩、碣祉は？　どういう理由だ？」

「……そ、それは……」

宰相は言いよどみ、脇の大臣にめくばせするが、けっきょくどの者も押しつけあって、決定的な物言いはせぬ。

羅剛は焦れて、永均に振った。

「ああ、…よいっ。肝の小さい者どもが！　永均、おまえなら答えられるかっ!?　…前王、前王妃の、恥になるような話でも、かまいはせぬ。許すゆえ、吐け」

武骨な騎士団長は、あいかわらずの堅苦しい言い方で話しだした。

「御父君、皚慈《がいじ》王は、泓絢の王女であられた瓏朱《ろうしゅ》さまを力ずくで攫ってこられたのでござる。婚礼の席に招かれ、お見初《みそ》めなされたよし、…が、瓏朱さまは、その際の花嫁、そして花婿は、萋葩国の皇子でござった」

意味を解し、羅剛は、はっはっはっ、と高く笑った。

「あの父がの！　それほど熱い男だったとはな！　さすが我が父、初めてそう思うぞ。ただのうつけではなかったのだな！」

恋に狂うは、それでは血か。

我が身も恋に狂い死ぬ。

羅剛はしばらく笑ったのち、傲然と言挙げした。

「ならば、戦ってやろうではないか。うつけた我が父の、唯一忘れ形見の恨みなら、子である俺が受けてやる。——して、そこまではわかった。敵の総大将、碣祉の恨みとは、なんだ？」

永均は眉を顰めた。

「それは、……それがしも、わかりかねますな」

ふたたびざわざわと小声のささやき。

「やはり、冴紗さまでは……」

「でしょうな。小国でも、虹のお方を有すれば、天下を取れまする。泓絢と萋葩の恨みを知ったのなら、当然利用いたしましょう」

ささやきでも十分聞き取れた。

羅剛は怒りをぶつけた。

「やはり冴紗、だとっ？　そのために、へたしたら四国潰れるような戦いを、仕掛けてきたというのかっ？　手のこんだ策を弄《ろう》してまで!?　――あれは、ただの子供ではないか！　たまたま髪と瞳が虹色だっただけだ！」

獣のような唸りをあげ、羅剛は吠《ほ》えた。

「世の者ども、これ以上の苦しみを、冴紗に課そうというのかっ！　戦いなど起こしたら、あれが泣くのだぞっ？　あれは神官だ！　殺しあいなどもっとも疎む神官どもの、最高位なのだぞっ？　そのうえ、おのれの取り合いで国が滅んだりしたら、…あまりにも冴紗が憐《あわ》れではないか！」

宥めるように宰相は言う。

「なれど、…他国の思惑、焦燥も、わからぬでは……。なにせ、我が国は、冴紗さまと美優良王女、お二方も虹のお方を有するようになるのです」

「ならば公表してやる！　我が国には、『冴紗』だけだ！　美優良王女が欲しいのなら、むこうの国へ攻め込め、となー」

おろおろと首を振り、

「無理でございます。たとえいまさら真実を告げても、…冴紗さまが虹髪虹瞳、数百年ぶりの聖虹使候補であられることは、変えようのない事実。そしてあの方のお美しさも、また変えようのない事実でございます」

急激に怒りが冷えた。

愕然《がくぜん》として尋ねた。

「……冴紗の姿を……見たことがある王がいるかもしれぬのか……」

「仮面ごしでも見てとれるほどお美しいと、…風評は、他国にも当然聞こえておりましょうが、……王や、王族が、直接見ているやもしれませぬ」

謁見のさまを思い出した。

そうだ。あの峻峰《しゅんぽう》を登りさえすれば、どの国のどの者でも謁見は許されるのだと、最長老も言っていたではないか。

ぎりぎりと羅剛は唇を噛んだ。

「他国の王など、なぜ国に入れるっ⁉ そのような危険極まりないことを、なぜするっ？

麗煌山は、我が国の領土内ではないか！」

苦渋に満ちた返事がかえってきた。

「修才邏は、世界の始まりの国。神話のなかでは、虹霓神は麗煌山に降り立ち、世界を創ったとされています。……いまある他国は、いわば、修才邏から分かれた子国、孫国。……王よ、始祖の国である修才邏が、麗煌山参拝を他国の民にも認めるのは、神代のころからつづいているしきたりでございます」

「は！　子国、孫国のわりには、歯向かおうとする国が多いのう。もうすこし親国にへりくだることはできぬのか？」

嫌味を言うてやると、宰相も苦笑した。

「まったくでございます」

だが、言葉にせずとも、そのあとにつづく言葉はわかっていた。

ですが、虹の御子さまがご降臨なされる前は、世は比較的落ち着いていたのです、と。

はっとしたように、他の重臣がつぶやいた。

「そういえば、先日の件もございまするぞ」

言われて、羅剛も気づいた。

冴紗との初夜の褥のあと、噂を聞きつけた民どもが、王宮を取り囲んだのだ。

王妃さまになられるお方を一目なりと拝見申し上げたい、と。

冴紗は、人前に素顔を晒す覚悟が決まらず震えていたが、民を抑えるために、窓から顔を出させた。

「……ほんの一瞬であったのだぞ…？　冴紗が怯えておったので、…あれは、おのれの姿が醜いと思い込んでおって、……いや、男であると見破られたらと、ひどく逡巡《しゅんじゅん》しておって……」

羅剛は困惑し、言い訳じみたことを吐いていた。

重臣たちも戸惑ったような会話をしている。

「まさか間者《かんじゃ》が国内に…？」

「いえ、そうではありますまい。が、冴紗さまを見た際の、民の喜びようは、並大抵のものではありませんでしたからの」

「さようでございますな。遠く国ざかいにまで、熱狂の声は及んだらしいですからな。…私など、地が揺れたかと錯覚しましたわ」

かえすがえすも、自分は舞い上がっていたのだと臍を噛む思いであった。

冴紗を手に入れられた喜びで、なにもかもを忘れていた。つねはたいへん疑り深い性格であるというのに。

どん！　と卓を叩き、羅剛は声を張り上げた。

「もうよいわ！　とにかく勝てばよいのであろうっ？　敵がどれほどおっても、我が軍が蹴散らしてくれるわ！」

戦は時間とのたたかいである。

感情論など抜きにして、行動に出ねばならぬ。

羅剛は極力冷静に話を詰めた。

「敵方がいつ何時、攻撃を仕掛けてくるかわからぬ。一刻も早く、兵を国境へ向かわせねばならぬ。――永均、飛竜に乗せて運ぶとしたら、一頭あたりどれほど乗せられる？」

永均は低く応えた。

「五。かろうじて十。しかし、精鋭部隊を乗せて、一往復が限度でござろう」

「たしかにな。竜が疲れるか……。数も足りぬしの」

「それに、武器も運ばせねばなりませぬ。五や十の兵士を乗せて飛ばせるのは、得策ではござらぬ」

羅剛もうなずく。

「そうだな」

『竜』はひじょうに数が少ない。

そもそも、繁殖力の弱い生きものなのである。

生存年数は、人とほぼおなじ。

飛竜が羽根を広げると、人の背丈の五倍ほど。

大きさも強さも、世に比類《ひるい》のない。『竜』は聖なる山にしか生まれぬ、まさに天から遣わされたかのごとき獣なのである。

その世界最強の生物を、修才邏はけして他国に渡さなかった。

伝令用の小竜だけは輸出しているが、それは鳥と大差ない、竜とも呼べぬちいさな生きものである。

が、どちらにしても、他国に与えたとしても、繁殖させることはできぬのだ。

竜の卵は古来より麗煌山以外では孵化《ふか》せず、餌も麗煌山に自生する植物をもっとも好むからである。

「では、まず歩兵《ほへい》だけでも、東、西、南の国境に向け、出立《しゅったつ》させろ。走竜隊、飛竜隊は、あとから追っても追い付く」

「わかり申した」

永均は副団長に視線を飛ばす。

は！　と一礼し、足早に副団長は場を辞した。

「……それにしても、…三方に分けて飛ばせるには、竜が足りぬな」

唸りつつ、しかし——と、羅剛は室内を見回した。

「なんだ、貴様ら？　さきほどから、話しているのは俺と永均ばかりではないか！　これだけの頭突き合わせて、なんの策も浮かばぬのかっ!?」

冴紗が麗しいだの、他国の王が欲しがるだの、下世話な噂話の際にはこぞって口を出してくるくせに、肝心の戦話になると、腰が引けたように会話に加わらぬ。

じっさいに『七重臣』といっても、永均以外は頭脳労働の専門職。口と頭しか動かぬ奴らであるから、しかたないと言えばしかたないのだが。

業を煮やして、怒鳴る。

「ええいっ、このようなところで、貴様らの白髪頭禿《は》げ頭、眺めておっても埒《らち》があかぬ！

——竜舎へ行くぞ！　ついてまいれ、永均！」

苛立って、どうしようもない。

……どいつもこいつも、使えない奴らめっ。

平和な世なら、宰相はじめ重臣たちのような、人と争わぬ穏やかな質の者が良い臣なのだろうが、いまは戦いのときだ。おろおろしているうちに攻め込まれたら、いかに修才邏が世の始めの国、神国と慢《おご》っていても、簡単に攻め滅ぼされてしまう。

奴らはそれをわかっておらぬのだ。

けっきょくは、『七重臣』内で、まともに会話になるのは、軍人の永均のみ。

王は永均殿がお気にいりで、…などと陰口たたかれているのは知っているが。気に入っているというよりは、ほかの人間とは話にならぬだけだ。

飛竜を並べて飛ばしながら、

「永均っ、現在、竜は軍にどれほどおるっ？」

切り返すように、

「飛竜、約五百頭、走竜は二千」

「民間にはどれほどおる？」

「飛竜は、軍以外での使用はご法度《はっと》でござる。走竜は、軍で使いものにならぬ虚弱なもの、年を取ったものなどが、払い下げられ、…数は、およそ千程度ではないかと」

速答を受け、しばし沈思《ちんし》する。

修才邏軍のあらましは、竜騎士団を頂点とし、走竜隊、弓隊、槍隊、刀隊。

飛竜、走竜隊以外は、歩兵である。

常駐の兵は各二万、緊急時に召集する兵が、やはり二万ていど。したがって総勢十五万にも満たぬ軍勢である。

数としては、少ない。

修才邏は、あまりに『竜』に頼りすぎていたのやもしれぬ。

だが、世界最強の『竜』の威力は、一万二万の歩兵より凄まじいのだ。

じっさいのところ、上空から油を撒き、火矢を放てば、たった一騎であっても、町ひとつくらいなんなく陥《お》とせる。ゆえに、歩兵にはまったくといっていいほど力を入れていなかった。

羅剛は悶々《もんもん》と考え込む。

……無敵の大軍隊を率いると言われていても、これが現実だ。

三方攻めを食らっては、挙措《きょそ》を失い、あわてふためくのみである。


そうこうしているうちに、竜場が見えてきた。

繁殖、孵化《ふか》の場所は、麗煌山の中腹、洞窟内であるが、飼育場は王宮からほど近い場所にある。

竜舎が建ち並ぶ敷地内に降り立つと、――ひとりが駆けてきた。

「永均騎士団長さま！」

永均は低く咎めた。

「おまえだけか。他の者はおらぬのか」

見ると、いかにも見習いふうの小僧である。

「そ、それが、…なんだか急に、隊のほうの竜の具合を見ろ、って、…みんな駆りだされまして…」

「当然だ。戦が起こる」

ひっ、…と飛び上がった小僧の視線が、ふと永均の背後に流れた。

今度こそ本当に悲鳴をあげ、小僧は飛びすさった。

「……お、王……っ……！」

鼻で嗤ってやる。

黒髪黒瞳、つねに上から下まで黒装束の羅剛は、国民にはひどく畏れられているらしい。王族や国の重鎮たちは、淡い色合の衣服を身につけるのが普通なので、かなり特異な王であるのは、自分でも承知していた。

睥睨し、問う。

「使える竜は、あとどれほどおる」

小僧は周章狼狽《しゅうしょうろうばい》し、あわあわと口から泡でも吹きそうである。

横から永均が尋ねた。

「王のご質問じゃ。疾《と》く答えよ！」

目を白黒させながら、

「……は、はいっ。基本的には四年仔、五年仔になってはじめて隊のほうへお渡しするのですが、……あ、一年仔、二年仔は、羽根も軟弱で、ほとんど飛べないのです。三年仔でかろうじて、でございます。いま残ってるのは、三年仔で、…四頭……？　……はい、たしか、四頭、……一、二年仔が、六頭ほどでございますっ」

重ねて尋ねる。

「走竜は？」

「走竜は……はい、もうちょっといるはずですっ」

「ならば全頭、王宮へ届けよ」

見習いの小僧では話にならぬ。

それだけ言いわたし、踵を返した。


焦燥感に胸が焼かれる。

竜の数が少なすぎる。

三方に分けて飛ばせると、一箇所二百にもならぬ。

走竜もおなじこと。たいした数ではない。

身震いしてしまった。

恐ろしいのではない。死など恐れはせぬ。だが、自分が斃《たお》れれば、冴紗が他国に盗られる。

目の前が暗くなるような思いであった。

冴紗は言いつけを守り、大神殿に居るのだ。

なにも知らず、羅剛の帰りを待ちわびて。

勝たねばならぬのだ。なれど、…戦況は、あまりに不利だ。

唇を噛み締め、苦い思いを呑み込む。

……虹霓教の教義など、いったいどこの国が守っているというのだ！

まこと虹の教えに従っているならば、他国への侵略など、けしてしないであろうに……！


緑司、三刻。

陽は高い。

歩兵の第一陣、先陣を切り、出立である。

ときを置かず、竜騎士団、走竜隊の半数が出陣。

軍備も整わぬ出立であるが、悠長《ゆうちょう》に悩んでいる暇はないのだ。

戦場への到着時間も考え、つぎつぎに後発部隊を送り込まねばならぬ。

足りぬのは竜だけではない。兵も、武器も、食料も、なにもかもだ。

竜場からとんぼ帰りし、会議の間でさらに作戦を練っているとき、本日幾度めかのざわめきが起こった。

「周慈《しゅうじ》殿下と伊諒《いりょう》殿下がご到着でございます！」

扉のむこうからの声に、羅剛も驚いた。

「——なんだと？　俺は呼んではおらぬぞ？」

周慈は叔父、伊諒はその子供、羅剛にとっては、いとこにあたる。

父王暗殺の首謀者として長いあいだ幽閉《ゆうへい》されていたのだが、つい先日、羅剛が恩赦《おんしゃ》を出した。その後、離宮をひとつ与え、静養させていた。

むろん、今回は国中に陣触を出したのだ。叔父たちの静養先へも、当然報せは届いたろうが、つい先日まで牢《ろう》暮らしの身。羅剛としても、彼らは数に入れていなかった。

ふたり、駆け寄ってくるなり、羅剛の前で膝をついた。

「王！　わたくしと伊諒にも、どうか一個師団、お任せください！」

羅剛は見下ろし、静かに応えた。

「その志は有り難くいただくが、――叔父上、ながの幽閉で、お身体本調子ではなかろう。それに、伊諒は、まだ十五にもなっておらぬはず」

本来ならば、王族である彼らは飛竜にて出陣するのだが、訓練を詰んでおらぬゆえ、下層の陸上隊の指揮を申し出たよし。

しかし、地上部隊の危険は、甚《はなは》だしいのである。そのような部隊に彼らを着けるわけにはいかぬ。

叔父は食い下がってきた。

「なれどっ、…ご恩に報いるすべがございませぬっ。王は広いお心で、わたくしどもに、恩赦をお与えくださいました。親族としてのお付き合いを、ふたたびお許しくださいました。…どうぞ、力不足ではございますが、なにかお役目をください！」

羅剛は強い口調で断じた。

「ならぬ。伊諒は、王家の血筋を繋ぐ者だ。もしものことがあっては、困る」

伊諒の真名は『次代の王の父』であるという。

反王政派に利用はされたが、羅剛にとってはたいへん有り難い真名である。

いとこである伊諒が王家の血統を繋いでくれると、星予見が視たからこそ、冴紗との婚姻が許されたのだ。自分以外に修才邏王家の血筋を引く者がいなければ、羅剛はまたもやどこぞの姫と妻《めあ》わせられてしまう。

叔父は折れずに、

「では、わたくしだけでも！」

羅剛はため息まじりに応えた。

「それも、ならぬ。…父母のおらぬ子の苦労は、俺が一番知っておる。伊諒を父なし子、次代の王を、爺なし子にするつもりか？」

半分揶揄しながらも、本心を吐露した。

「いまは俺が王だが、…次は、伊諒の子が王となるのだぞ？　覚悟を決めておいてもらわねば困る」

羅剛は、うなずき、思う。

……そうだ。修才邏は、叔父の親子が継ぐのだ。

自分の血は、途絶える。

だが、それがなんだというのだ。

自分は『冴紗』さえおればよい。

血など残さずともよい。名など忘れ去られてよい。

命尽きるまで、この国を治め、あとは冴紗とともに、この地で眠るのだ。

それだけが、望みだ。

そして、そのための、戦いだ。

羅剛は屈《かが》み、叔父の手を取った。

「お立ちいただきたい、叔父上。俺は……冴紗と生きていく。そのために、叔父上たちの力が必要だ。…こちらこそ、どうかわかってほしい。修才邏のこれからを、守っていただきたいのだ」

「………畏《かしこ》まりました、王よ……」

叔父は涙ながらに、幾度も頭を下げた。


しかし矢継ぎ早に報告が入る。

「峠崘国より、加勢軍の申し出がございました！」

頭の切り替えがとっさにうまくできぬ。

疲れてきているのだろう。

が、自分を叱咤《しった》し、羅剛は意識を集中した。

「峥嵘か。……いや。あの国に我が軍より兵がいるとは思えぬ。最悪の場合は助勢請うやもしれぬが、いまは丁重にお断わりせよ」

少々感慨深いものがあった。

……あの貧乏国が、助勢を申し出たか。

対外的には、修才邏は自国の王女の嫁ぎ先ということになるのだが、じっさいには美優良王女はもう国へ戻っている。修才邏の分が悪い戦であるのは一目瞭然であるのに、よく申し出たものだ。

そう考えているさなか、さらに同様の声が。

「王！　畢朔《ひっさく》国からも、我が軍への援護の申し出が！」

「同盟国、理冨《りふ》からも同様に！」

「榮嘉《えいか》国からもでございます！」

羅剛はこめかみを揉み、大きく息を吐いた。

王である自分が即断即決せねば、この戦いは負ける。うつけている暇はない。悩んでいる暇もないのだ。

……世が動きだしたか。

どちらへつくのか。各国、身の処し方に頭を悩ませている。

それとも、形だけはどちらかにつき、混乱に乗じ、『虹の御子』、ひいては世を手中に収めるつもりか。

冴紗。

尊き虹の御子よ。

みながおまえを欲しがる。おまえを得れば、国が栄え、世を制することができると。

羅剛は、我知らず、虚空に向かってつぶやいていた。

「……寂しがってはおらぬか…？　早う勝って、おまえのもとへ帰るからの。…待っておれ、冴紗。今度迎えに行くときは、春の花でも摘《つ》んでいってやるからの……」


そうだ。おまえの好きな、故郷の森の花がよい。

あれを摘んでいってやろう。

ちいさな、白い。

おまえに似た、あの花を。

Ⅵ　出陣

陽が落ちきるまでに、もう二隊出陣させた。

あとは到着した各部隊の隊長の裁量で、敵の動向を見て布陣する。

総括指揮を執る羅剛《らごう》は、できうるかぎり兵と武器を集め、後方援護の形だ。

紫司、二刻。

真夜中である。

波が引いたように、王宮内は静かであった。

どのような戦況でも、休まねばならぬ。食って眠って、戦う。いつまでつづくかわからぬ戦いだ。体力はできるだけ温存しなければならぬ。

だが羅剛は、やはり寝つけなかった。

幼いころの、冥い夜を思い出す。

行き場のない怒りが胸のなかで渦巻き、闇に取り込まれそうな夜。

ふっ、と自嘲で嗤う。

「さしゃが来てから久しく忘れていたのう。こういう気分は」

大神殿に行っても、おなじ国内だ。なにかと理由をつけて呼べば、飛んで来られる場所であった。

しかし、他国へ盗られてしまったら、…もう逢うことなどかなわなくなる。いや、それどころか、そのときには間違いなく自分の命は、ない。

「俺の恐ろしいのは、おまえと引き離されることだ、冴紗」

いとしい、いとしい冴紗。

おまえに逢いたい。

離れてまだ一日も経っておらぬのに、気が遠くなるほど経った気がする。

「もう眠っておるか…？　眠りは安らかに訪れたか…？」

独り言をつぶやきつづける。

「おまえのための戦いだ。俺は、負けはせぬ。けっして」

ため息をつき、羅剛は寝台から下りた。

つぶやきつづけていたら、闇に捕まってしまいそうだ。

廊下には警備兵もいない。全員休ませた。王宮の守りなどさせるより、ひとりでも多く敵陣に向かわせねばならぬからだ。

手燭を持ち、厨房に入る。

ここにも、だれもいない。つねならば、夜中でも下働きが朝餉《あさげ》の煮込みなどしているのだが、どの者も戦支度である。

酒蔵から酒を一本抜き出し、杯もふたつ、くすねる。

そして、忍び出る。

王宮は、二重の城壁に囲まれており、内側のなかには本宮、花の宮、西の宮などの、王族居住の宮。政務関係もすべて本宮内で執り行なわれる。

ひとつ城壁をくぐり、外の壁内は、兵舎、官舎、竜舎。

ようするに二重の城壁内は、修才邏の中核をなす、城塞《じょうさい》都市のごとき形態なのである。

自分の足音が響く。

どこもかしこも、不気味なほど音がない。

すでに死の国に取り込まれてしまったかのような静寂のなか、羅剛は兵舎へ向かう。

めざしているのは、永均《えいきん》の部屋である。

本来ならば七重臣のひとりである永均には、それなりの屋敷を与えてやるところだが、永均が下層兵士と同様、兵舎の一室に起居したいと申し出たため、それを許している。

長細い棟の一番手前。

扉のひとつを、乱暴に叩く。

「永均、俺だ。開けろ！」

すぐさま顔を出した騎士団長は、呆れたように眉を顰めた。

「――王。いつまでもお子さまではないのですぞ」

せせら笑ってやる。

「しかたなかろう。俺が心許せる者など、そうおらぬのだ。見込まれたのが不運と思うて、付き合え」

どけ、と手で永均を押し退け、勝手知ったる室内に入り込む。

子供のころから幾度も入った部屋だ。

どっかと床に胡坐《あぐら》をかき、手酌《てじゃく》で一杯あおる。

「まこと、疲れたわ。大臣どもは、頭が堅くてかなわぬな」

諦めたのか、永均も横に胡坐をかく。

「堅い者も、おらねばなりませぬ。みながみな、王のようなお方では、国は成り立ちませぬぞ」

吹き出した。

「もっともだ。俺は短気すぎるからな」

言うてみただけだ。羅剛自身もそれをわかっていて、各大臣を決めたのだ。

むろん、永均は幼いころよりの剣の指南役、もっとも気心知れた者であるが、それだけではなく、意見の合わぬ重臣も、しっかりと起用した。

「だが俺は、それほど痴《し》れ者ではないぞ。おのれの力だけで国を動かせるなどと、自惚《うぬぼ》れてはおらぬ」

杯と酒壜を差し出すと、永均は黙って受け取った。

しばらくふたり沈黙のまま、杯を重ねた。

疲れた頭と身体に、酒がしみ込む。

つねより酔いが早いようだ。

嘆息まじりに、羅剛は愚痴をこぼした。

「…………つくづく俺は、面倒臭い奴に惚れたものよの」

永均は、ちら、と視線を上げただけで杯をあおる。

夜が明けたら出陣である。

戦い慣れた男も、今回の戦にはなにやら決心があるようだ。

返事などないが、羅剛は愚痴をつづけた。

「まさかのう、…逢ったばかりのころは、あの田舎者の小僧が、あそこまで麗しく成長するとは思わなんだがのう……」

ふふふ、と思い出し笑いをした。

「だがあれは、存外はねっかえりでな。あの儚《はか》なげな姿そのままの性格ならよかったのだがな、…どうも、ときおり無茶をする」

永均も低く笑った。

「そこがまた、お可愛らしいのでござろう?」

唇が自嘲に歪む。

直球でこられたら、直球で返すしかない。

「……ああ。可愛い。…おまえも知っておろう。昔は俺を怖れ、怯えて、下ばかり向いておった。あのころでも俺は狂うておったに、……いまの、あのさま、どうじゃ? 俺を見つめてな、心底嬉しそうに笑むのだぞ? 甘い言葉で、俺を誉めちぎるのだ。俺が素晴らしいと。男らしゅうて、凛凛《りり》しいと、お慕いしております、と。……まこと、愛らしすぎて、胸、掻き毟られるようだぞ? いとしさに……この身が、灼かれる」

永均はくっくっ、とあからさまな笑い声をたてる。

頑健《がんけん》な男でも、酒は回るようである。

「手に入《はい》らずば地獄、手に入《はい》れども地獄、でござるな」

羅剛も膝を打ち、高く笑った。

「まさしく! そのとおりだ!」

酒の酔いで、口が回る。

「冴紗は、わかっておらぬのだ。男どもがどういう目で見ているか。…おまえ、覚えておるか？　むかし、兵士になりたいと、あれがさんざんごねたことを？」

　片頬で笑い、永均は杯をあおる。

「手を焼きましたな、あの折は」

「まったくだ」

「冴紗さまは、王をお護りしたいと、それしか考えておられぬ。戦場になど連れて行ったら、それこそ死をも厭《いと》わず、身を挺《てい》した矢よけにでもなりかねませんな。…まこと、王のおっしゃるとおり、たおやかなお姿に似合わず、並みの男より豪気な一面がござる」

　すこし、ため息をつく。

「……いまは、…後悔しておる。前線はさすがに無理だがな、…あれがあそこまで望むのなら、軍の参謀でもなんでもよかったのだ、なにか軍役を与えてやればよかった、とな。――頭は回るのだ。取り立てれば、すばらしい参謀になってくれただろう。…ほんに、あのような姿さえしておらなんだら……」

　永均もため息をつき、話を変えた。

「苦労話なら、こちらも負けてはおりませぬぞ。一国の王であるあなたさまが、虹の御子さまに入れ揚げられて、家臣一同、さんざん苦労させられましたからな」

　永均は、はっはっはっ、と豪快に笑い、

「あらゆる策を弄し、御身と冴紗さまを引き離そうとしましたが、…じつは、花の宮の女官たちに、ことごとく邪魔されましてな」

羅剛こそ、腹をかかえて馬鹿笑いだ。

「さもありなん、だ。あれらは、国王である俺さえ、茶化して笑うのだぞ。おまえたちが太刀打《たちう》ちできるわけがなかろう。花の宮の女官どもは、『冴紗』がもっとも大事なのだからな！　みながみな、冴紗の母親か姉のつもりなのだろうよ」

笑いやめ、永均はふいに真摯《しんし》な口調になり、

「よい宮をつくられましたな」

羅剛もむろんそう思っていた。

母を早くに亡くし、父も殺された冴紗に、わずかでも安らぎの場所を与えてやれた。

「……ああ。そうだな」

少々しんみりしたついでに、尋ねてみたいことがあった。

「ところで永均、……我が母のことを、すこし話してはくれぬか」

長い付き合いだが、一度も訊いたことはなかった。聞きたくもなかったし、訊いても、以前なら話を濁されただけだろう。

一度うなずき、永均は感慨深い様子で昔話を語りだした。

「お美しいお方でござった、瓏朱《ろうしゅ》さまは。冴紗さまとは反対の、非常にお強い性格がおもてに表れているような、皚慈さまが一目惚れなさったのも宜《むべ》なるかなの、……しかし、人

道に反することでござった。いくら修才邏が大国といえども、花嫁を攫ってこられるとは……。むろん、お二方は華々しい式など挙げられるわけもなく、瓏朱さまは、お妃さまとは名ばかりの、監禁のようなお暮らしぶりを余儀なくされ……そして事後、怒り狂う萋葩《さいは》、泓絢《おうけん》両国を、あいだに入り、なんとか収めたのが、周慈《しゅうじ》殿下でござる。その際、泓絢の王女、瓏朱さまの妹姫さまと恋仲になり、…周慈殿下のほうは、各国に祝福されてご成婚なされた」

ふん、と嗤いが出た。

「やはりの。生まれからして、俺は呪われたような存在であったのだな。最初の時点から、伊諒とは違うのだな」

永均が黙ったので、言い添えてやる。

「そうは思うが、……もう、よいのだ。俺には冴紗がおる。あれは、俺のためだけに生きておる。俺のことだけを慕ってくれる。だから、…よいのだ。いまは、嫉《そね》みも恨みも、なにもない」

そして、父母はけっきょく愛し合ってはいたのか？

それとも、おまえが、俺のまことの父か？

我が母を、おまえは愛しておったのだろう？　だから、いまでも献身的にこの国に尽くすのであろう？

つづけて尋ねたいことは多かったが、——いまはそれも、どうでもよいことのように思われた。

いま、自分がここにいる。

それでよいではないか。

呪われた生まれでも、呪われた黒髪黒瞳でも、冴紗は愛してくれるのだ。

それ以上、いったいなにを望む。

ふいに、吐き捨てるように、永均は言った。

「負けるわけには、いかぬ」

羅剛も同意した。

「そうだ。勝たねばならぬのだ。我が軍は、なんとしても」

冴紗は、侈才邏国王羅剛の『妃』となるのだ。

他国になど、けして渡さぬ。

ふと、——羅剛は窓に視線をやった。

隙間から薄日が洩れ入ってくる。

にやりと笑ってやる。

「すまぬな、永均。——朝だ」

永均は声をあげて笑った。

「なんの。戦前に、よい景気付けができ申した」

静かではあっても、どうせ城内、だれも寝てなどいないはず。こたびの戦は、それほど危うい。みながみな、眠れぬ夜を過ごしたことだろう。

羅剛は空になった罎《びん》を持ち、立ち上がった。

「死ぬなよ、永均。おまえが死んだら、愚痴を言う相手がいなくなる」

永均は不敵に片唇を上げ、返してきた。

「無論のこと。生きて帰り申す。愚劣な敵国に、目に物見せてくれましょうぞ」


敵の来襲報告から二夜明け、青司、四刻。

修才邏軍、残り全隊出陣。

「勝ってこい！　かならず！　ほかの結果は聞かぬっ！　生恥《いきはじ》さらしておめおめ戻ってきたら、俺がその首かっ斬ってやる！　…いいな!?　かならず我が軍に勝利をもたらせ！」

全軍の前で、羅剛は檄《げき》を飛ばした。

永均率いる竜騎士団は、もっとも激戦が予想される泓絢水軍撃退へと向かった。

羅剛の母瓏朱は、攫われたうえに、不貞を疑われ、自害した。幸せな結婚をしたはずの妹姫も、けっきょく謀反のかどで自害したと聞く。

自国の王女ふたりを死なせた修才邏を、泓絢はひじょうに憎んでいるはず。相当な覚悟で仕掛けてくるだろう。

それだけではなく、無敵を誇ると言われる修才邏軍も、海上戦では比較的苦戦を強いられてきたのだ。

走竜は水上では使えず、飛竜も、いつまでも旋回飛行をつづけられぬ。必然、休ませるため陸地に戻ってくるしかない。軍船も、修才邏には数隻しかないのだ。

それに反し、島国である泓絢は、巨大な軍船を多数保有し、海上戦に長《た》けた兵士もあまた抱えている。

ただでさえ劣勢であるうえに、今回修才邏は、兵力が通常の三分の一なのだ。

騎士団長を向かわせても、苦戦は火を見るよりも明らかであった。

永均ら主要な軍人たちを送りだしたあと、王宮内は閑散とした雰囲気になった。

文官ばかりで、話は噛み合わなかったが、…しかたない。彼らも精一杯努力はしているのだ。国民総出でかからなければ勝利は危うい。戦とは、前線だけではないのだ。

志願兵たちの面接を行い、民間から差し出された走竜の調節、武器、食料の追加調達、と、残された者たちは走り回って雑務をこなした。

むろん羅剛はあらゆる指示をだし、みずからも先頭切って働いた。

敵を敗退させれば、伝竜が飛んでくるはず。

それまでは、追加派兵の準備をつづけねばならぬ。

三方から勝利の連絡が届くまで、休むわけにはいかぬ。

黄司一刻。

だが——戦況に新たな動きが、出た。

新たな、というよりは、最悪の事態に陥ったというべきか。

「……こ、こちらにおいででしたか、王っ！」

羅剛を探し回ったのだろう。息急き切って武器倉まで駆けてきた伝書係が、転がるように膝をつき、言った。

「ただいま、碣祉《けっし》から、至急の親書が届きましてございます！」

たしかに伝書係は、碣祉旗のついた伝書竜を小脇にかかえている。

羅剛は無言で伝書をひったくった。

さらさらっと読み終わり、怒りの声をあげた。

そこには、驚くべきことが書かれていたからだ。

「………翌日の夜明け前までに碣祉城に来いだと……？」

王、みずからご来城くだされたく、…と、いちおうは丁重な文面を取り繕ってある。しかし内容は、『来なければ三国一斉に攻撃を仕掛ける。来れば講和を結んでやる』と、そ

のような脅迫文。

ご丁寧に、碣祉城の位置を示す地図まで封入《ふうにゅう》されていた。

その地図を見て、羅剛の手はわなわなと震えだした。

「……碣祉の城というのは……このような場所にあるのか……!」

反射的に空を見る。

陽はまだ天の上にある。

が、いまから急ぎ支度整えて飛んでも、碣祉城へ着けるかどうかもわからぬ。なにせ碣祉との国境まででも、二十刻かかるのだ。さらには、半分以上が夜間飛行になる。

激しい怒りが湧いてきた。

羅剛は文を握り締め、唸っていた。

もう残された竜はない。

すでに全軍総出で、戦闘体制につかせている。呼び戻すにしても、これより飛竜をとばしても、近い戦闘地でさえ往復に一日かかる。そして、碣祉国境へ向かわせた隊と合流するにも、……城は、戦闘地とはかなり離れているのだ。碣祉というのは領土を奪いつづけて広がったのか、奇妙な形をしていて、来いと指定してきた場所は、飛竜でもたぶん戦地より五刻以上飛ばねばならぬほど遠い。合流など、とうてい間に合わぬ。

ようやく奴らの意図が読めた。

奴らは、戦う気など、はなからなかったのだ。ただ威嚇のためだけに三方取り囲み、修才邏軍を引き裂くのが目的であった。

羅剛は腸《はらわた》煮え繰り返る思いで、歯軋りした。

自分は、たった一騎で敵の本拠地に乗り込まねばならぬのだ。

……そこまで、俺が憎いか！　そこまでこの首、落としたいか！

かなり切れ者の策士が、練りに練った作戦であろう。

奴らの思惑どおり、軍は三方に分かれ、出陣した。そして、婚礼を控えている羅剛は、総括指揮として王宮に残った。

さらには、逡巡する間も与えぬ、この親書《しんしょ》。

もしや、身近に間者が入り込んでいるのやもしれぬ。あまりにこちらの動きが読まれている。だが、いまそのようなことを考えても遅い。

文面によると、まだどの軍も攻撃は開始しておらぬよし。ならば、いくら悔しくとも、この指示に従わねばならぬ。三方で戦闘が始まれば、修才邏は壊滅的な打撃を受ける。

羅剛は吐き捨てた。

「捨身《すてみ》の策、天晴《あっぱ》れと誉めてつかわそうぞ！　この羅剛の首ひとつ落とすために、三国、手を組むとはな！」

にやりと、羅剛は唇の端を上げていた。

「ならば――行かねばなるまい。ここまで用意周到に招待してくれたのなら、な」

報せを聞きつけ、宰相はじめ重臣たちが集まってきた。

文を読むと、狼狽《ろうばい》して、すがりつかんばかりに、

「なんと卑劣な……」

「ま、まさか……行かれるおつもりですかっ、王！」

「せめて、永均騎士団長にお戻り願って、」

きつく断じた。

「無理に決まっておろう。俺の竜がもっとも速い。それですら往復などできぬ」

唾を吐く。

いや、唾かと思ったが、血が混ざっていた。

怒りのあまり唇を噛み切っていたらしい。

押さえようとしても、がたがたと身が震える。

自身の読みの浅さに、吐き気さえ催す。

だが、瞋恚《しんい》の炎を懸命に抑え込み、頭をめぐらす。

……いま、残っている竜騎士はどれほどか…？

騎竜経験などほとんどない、訓練生の若造しか残っておらぬはず。

竜も、似たようなものだ。羽根の弱い一、二年仔しか残されていない。

まともに飛べるのは、羅剛の竜くらいのものだ。あとの騎士も竜も、すべて前線に飛ばしてしまった。

……それでも、行かねばならぬ。

碣祉の策士は知恵が回る。さらに、今回の戦いには、過去の恨みも絡んでいる。戦いが始まれば、どの国の兵士も、死に物狂いであたってくるだろう。

血の気が引く思いであった。

羅剛も戦は幾度も経験している。どれほど旗色が悪いか、直感でわかる。

万にひとつの突破口があるなら、自分が赴くしかない。

たとえ、明らかにこの首狙いであろうとも。

雑務をこなしている兵士たちを、大声で呼ばわった。

「そのほうらのなかで、飛竜騎士がおるかっ？　ひとりでも残っておるかっ？」

ぴた、と動きを止め、幾人かが群れのなかから駆けてきた。

羅剛の前で膝をつく。

「はい！　訓練生ではありますが、騎士団員です！」

「わたくしも、竜騎士団員です！」

「わたくしもでございます！」

考えたとおり、三人のみ。

そして、見るからに、若い。

冴紗と変わらぬ年頃の、まだ少年の面差《おもざ》しが残る者たちである。

羅剛はふたたび唇を噛み締めた。

……こやつらを、…連れていくのか……。

ならば、自分ひとりで行くべきか。

連れていっても足手纏《まと》いになるか、…だが、自分ひとりでは最悪の場合、侈才邏と連絡すら取れなくなる。

苦渋の思いで、言葉を吐く。

「死地へ向かう。ついてくる覚悟の者はおるか」

だが、言ったとたん、三人の顔が輝いた。

「もちろん、参ります！」

「お連れください！」

「ぜひ！」

即答に、心が痛んだが、――顔には出さず、命じた。

「ならば、半人前の訓練生といえども、いっぱしに扱うぞ。一刻以内に支度せい！　飛竜も、まともな竜など残っておらぬが、貴様ら、騎れそうなものを各自選びだせ！　では、一刻後に、竜場にて集合！」

言い置き、踵を返す。

みずからも支度を整えねばならぬ。

時間がない。

一刻後に出立しても、夜明けまでに碣祉城に着けるかどうかは、賭けなのである。

すると、足早に去りかけた羅剛を、引き止める声が。

「お待ちくだされ、王よ！」

振り返ると、地に片膝をつく者が五名。

「どうぞ、我らにも随行の許可を！」

「引退いたしておりますが、竜騎士でございまする！」

「老いぼれでも、むかし取った杵柄《きねづか》、飛竜を御すのは得意でござる！」

見ると、たしかに老いた者ばかりであった。

今回の陣触で、陣夫として志願してきたようだが、…やはり、一瞬言葉に詰まった。

羅剛から見れば、祖父、曾祖父ぐらいの年令なのだ。

少々言い淀む。

「……しかし、…竜がおらぬのだ。そなたらの志は愛でるが……」

老騎士たちは言い返してきた。

「竜なら、おりまする！」

「我ら、長年竜騎士を務めた者たち、ともに苦労を分かちあった竜、引退の際に下賜《かし》していただいております」

「我らと同様、老いぼれではございますが、お国のため、最後のご奉公と言い聞かせれば、喜んで飛びましょう」

言葉に詰まった。

そういう話は、聞いたことがあった。

竜騎士はだいたいが一頭の竜と組む。現役を退く際、その竜を自宅に引き取りたいと申し出る者も多いと聞く。

現役引退した飛竜など、じっさいにはなんの役にも立たないが、長年ともに飛行した連れ合いとして、大事に余生《よせい》を過ごさせてやるのだという。

羅剛は一度うなずき、言葉を与えた。

「わかった。許す。――だが、貴様らも、竜たちも、命なきものと思え」


一刻後。

羅剛は命じていた。

「全騎、黒竜旗《こくりゅうき》、挙げいっ！」

修才邏の国旗は『竜と花』。

しかし『吠える黒竜』の旗は、羅剛の印である。

黒竜旗あるところに、羅剛王あり。

修才邏の民は、上空を黒竜旗掲げた飛竜が行けば拍手喝采《かっさい》し、他国の民は、震えおののいた。

が、今回だけは、凛凛しさも勇ましさも、ない。

羅剛の竜をまぜても、全九頭。にわか仕立ての、隊とも呼べぬほどの飛行だ。

黄司、二刻。

修才邏国王羅剛、出陣のときであった。

後悔ばかりが胸をよぎる。

自分にとって『冴紗《さしゃ》』は、ただただ、いとしいだけの存在であった。

虹の御子としての価値など、まったく感じてはいなかった。

だが、他国の思惑は違うのだ。『虹の御子』を手に入れるためには、どのような手も使う。そして、いま現在御子を手にしている侈才邏《いざいら》王の自分を、目の敵《かたき》にしている。

頭では理解していたはずなのに、こうして窮地に追い込まれれば、あらたに後悔の臍を嚙むしかない。

見たくないことであっても、信じたくないことであっても、現実は現実であったのに。

……さしゃ。

幾度も、名前を、心のなかで呼ぶ。冴紗。冴紗、…と。

もう幾晩まともに寝ていないのか。どれだけ動きつづけているのか。

疲労で意識が朦朧とする。懸命に持ちこたえるために、冴紗の名を呼ぶのだ。

修才邏国内を飛んでいるうちに、陽は落ちた。

随行の竜たちは、よくついてきていた。

羅剛《らごう》はあえてうしろは振り向かなかった。

力尽きて遅れる者がいたら、そのまま知らぬふりで、離脱させてやるつもりでいた。

生きて帰れる保証はない。どの者も、どの竜も、無理に連れていくには偲《しの》びない。最悪一騎で乗り込むことになってもやむなし、と覚悟は決めていた。

はたして間に合うのか。

……唯一の望みは、俺の『首』狙いであるということだ。

であるならば、夜明け前と指定していても、夜明け過ぎまで待っている可能性が高い。羅剛を屠ることが目的なら、たぶん、そうするはずだ。

そのとき、背後から、とぎれとぎれの声が、

「………王、……よ……」

反射的に振り返ってしまった。

背後には、予想したとおりの光景が、あった。

最年長と見える老騎士、その竜が遅れはじめていたのだ。

老騎士は肩で息をし、老竜も哀れな青息吐息《あおいきといき》、沈みゆく太陽とともに、いまにも失速墜《しっそくつい》落《らく》しそうなほど。それでも、根性を振り絞って飛んでいる様子。

羅剛はとっさに命じた。

「ちょうどよい！　右手の方面に、碣祉軍と睨み合う隊がおるのだ！　そなた、援軍要請に向かえ！」

むろん、口から出任せである。

戦闘場所は、右手といっても遥か彼方《かなた》、いまから飛んでも援軍など間に合わぬ。老騎士にもそれはわかったはずだが、羅剛の想いも、酌《く》んだ模様。

涙ながらに返してきた。

「承知いたしましたっ。かならずや！」


陽は落ち、夜の帳《とばり》が降りてくる。

速い勢いで竜を駆りつつ、羅剛はときおり背後の羽音に耳を澄ませた。
一、二、三……と。
みな懸命についてきている。羅剛が騎っているのは、彡才邏最高の竜であるのに。

しかし、すこしでも負担を減らすため、随行の竜たちには荷を積ませてはいない。

そのぶん、羅剛の竜が、すべての武器や油等を積んでいるのだ。

それは最悪自分だけが辿《たど》り着いても、敵と戦おうという心づもりでもあった。

……たとえ到着するのがこの一騎であっても、むざむざやられたりはせぬ！

場所は違えども、永均や正規軍、民まで、みなが戦うのだ。王である自分が怯《ひる》むわけにはいかぬ。

空には、わずかばかりの星あかり。

飛ぶまで気づかなかった。今宵は月のない晩であった。

羅剛は薄く嗤う。

「碣祉の策士め、よくよく頭の回る奴だ」

まこと、敵ながら天晴れと言うしかあるまい。

「我が軍にも、もうすこし策士を増やさねばならぬな」

つぶやきつづけ、…やはり思い浮かぶのは、冴紗の顔。

……あれであったら、有能な策士になろうな。

おのれのためには意味をなさぬような能力ばかり、冴紗は持つ。人のためにその身を捧げよと神に命じられたかのような、特殊な能力ばかりを。

そして、持てる力のすべてを、羅剛のためだけに使おうとする。

「……さしゃ……」

どこにいても、おまえのことしか考えられぬ。

きっと死の国に堕とされても、おまえに焦がれることだろう。

せめてもの救いは、冴紗を大神殿に置いてきたことだ。

この世に、あそこ以上に安全な場所はない。

いとしき者は、いまおだやかな夢のなか。なににも脅かされず、安らかに眠っておろう。

…そう思えることだけが、唯一の救いであった。


星あかりのもと、長く長く、飛んだ。

修才邏上空を飛んでいるときは、眼下に町々の灯りが見えていたが、国境を越えたとたん、不気味なほど灯りがなくなった。

……砂の地だとは聞いていたが……。

錯覚にさえ陥る。自分はすでに死の国に入っているのではないか、と。

現世への想いが強すぎ、死したことすら気づかず、冥府《めいふ》の闇を飛びつづけているのではないかと。

だがそう思うたび、背後から聞こえる羽音が、羅剛を力づけてくれた。

自分はまだ死んではおらぬ。そして、死んではならぬのだ。

それにしても、……暑かった。

これほどまで風土が違うとは思わなかった。

夜であるにもかかわらず、不快な熱気が、地上から吹き上がってくるのだ。

目に砂があたる。口にも入り込んでくる。

夜目で、地上の様子はほとんどわからなくとも、砂嵐が荒れ狂っているのは肌で感じられた。

息苦しくてたまらぬ。地獄の業火《ごうか》の上を渡っているようである。

気づくと、竜も飛び方がおかしい。つねの力強いはばたきではない。

竜はそもそも寒冷地で生息《せいそく》する生きもの。暑さにも乾燥にも弱いのだ。

羅剛は竜の背を叩き、声をかけた。

「――苦しいのか？　だが、こらえてくれ。おまえの仲間も必死に飛んでおるぞ！」

行かねばならぬのだ。

行って、講和を結ばせねばならぬ。

自分は、修才邏の王であり、冴紗の夫だ。

護るべきたくさんの命が、この肩にかかっているのだ。


どれほど飛んだのか。

いいかげんなにかが見えてきてもよさそうなものだと苛立ちながら、さらに竜を急かす。

夜明けは、いつくるのか。

そろそろ明けの頃合かと思われるのに、この地は夜が異様に長いのか、それとも死に物狂いで飛んできたので、予想外に時間は経っていないのか、はたまた長く飛びすぎて感覚すらおかしくなっているのか、…いつまでも星が天にある。

暗い、暗い空を、ただ虚しく飛ぶのみ。

暑さと焦りで苛立ちも頂点に達し、ついに羅剛は叫んだ。

「おのれ！　城など、どこにも見当らぬではないかっ!?」

ただ、砂。

茫漠《ぼうばく》たる、砂嵐が荒れ狂うのみである。

……もしや、謀《はか》られたのか……っ!?

これすらも敵の策であったのか……？

そこへ、若き竜騎士の声が飛んできた。

「お、王！　あれは……あれは、なんでしょうっ？」

言われ、目をこらして見てみる。

灯りだ。

竜の羽音を聞きつけて点《とも》したのか、ひとつ、またひとつと、地に篝火《かがりび》が点りだしたのだ。

ようやく城に着いたのか？　間に合ったのか？　と思った矢先、……篝火は、信じられぬものを浮かび上がらせた。

……虹……!?

砂嵐に見え隠れする奇妙な形。

岩石を積み上げたような、建造物である。

だが、弧を描く形状、上部に塗られた七色、——それは、あきらかに巨大な『虹』を象《かたど》った城であったのだ。

羅剛は声をあげて笑った。

「は！　なんともいじましい建物ではないか！　あれこそ、碣祉の城であろうな！」

笑い飛ばしてはみたが、胸のなかに怒りの溶岩が沸き立つようである。

虹を崇めること。すなわち、冴紗を崇めることではないのか。

幼稚な建造物であるとあざ笑うのはたやすいが、虹霓教総本山の大神殿でさえ、外観は普通の焼石造りなのだ。

虹の形状を象る。それも一国の城として。…それは、ひじょうに不穏《ふおん》な意味を孕《はら》んでいるのではないか。

かえすがえすも迂闊《うかつ》であった。小国と侮らず、各国をこの目で見ておればよかったのだ。

「………狂っておるのか、…碣祉の王は………？」

間違いない。

自分とおなじように。碣祉王もまた、虹に狂う者なのだ。

ただ、宗教に心酔《しんすい》しているだけなら、よい。しかし、虹の御子に惚れ込んでいたら、…

冴紗が危険だ。

なんとしてでも、遠ざけねばならぬ。講和を結べたにしろ、碣祉王を、冴紗から。

そう考えつつ、羅剛は命じた。

「全騎、碣祉城の上にて、旋回！」

まだ夜明けには間がある。上空から様子を見、いざとなったら油矢を射る。

とにかく約束には間に合った。味方も何騎か残っている。

最悪の事態は避けられた。これからはこちらが優位に立つ番だ。

旋回する竜の上から、目を凝らして見てみる。

篝火は相当数焚《た》かれ、碣祉城全体が見渡せた。

虹の形状の城らしき建造物。そのまわりに、やはり同型の城壁。

城壁の内部で、砂が動いていた。

いや、よく見ると人であった。兵士が、砂と同化するような黄土色の軍服を身につけているようだ。

仰ぎ見る兵士たちは、竜を指差し、なにか声高に叫んでいる。

「奴ら、飛竜を見るのは初めてなのか？　さぞ驚いておろうな」

と、嘲ったところであった。

兵士たちが妙な動きを始めたのだ。篝火を手に持ち、屈みこんでいる。

怪訝に思い、身を乗り出して、さらによく見てみる。

……あやつら、なにを……？

砂に紛れて見えなかったが、こんもりとした山のようなものが幾つも、作ってあった。どうも枯れ草かなにかのようだ。

ぎくりとした。

この荒れ狂う砂嵐のなか、枯れ草に火など放ったら、たいへんなことになる。

そう思ったときには、すでに煙が上がり始めていた。

「馬鹿な！　あのようなことをすれば、燃やす者こそ煙に巻かれるぞ！」

すると、老騎士が尖り声を放ったのだ。

「王っ！　あれは毒草でございまするぞっ！　奴ら、毒草を燃やしておりまするっ！」

まずい！　と思った瞬間、地の篝火すべてが一斉に消された。

あたりはふたたび闇。

星あかりさえ、巻き起こる煙で見えぬ。

どの騎士も激しく咳き込んでいた。羅剛も煙を吸い込み、目もやられ、どちらへ竜を逃がしてやればよいかもわからぬ。

だが、竜たちの苦しみのほうが上回っていた。

けぇぇい、けぇぇぇぇいいいい、と、苦しそうに身を踊らせ、哀れな咳き込みを繰り返している。

ただでさえ夜を日に継ぎ、飛行してきたのだ。この地の暑さ、乾燥しきった砂嵐も、かなりこたえていたはず。

これ以上は無理だと判断した羅剛は、かろうじて叫んだ。

「引けっ！　撤退だっ！」

だが、ときすでに遅し。

竜ははばたくこともできず、高度を下げていた。

急激な落下に、身が揺らぐ。

耳に騎士たちの悲鳴が飛び込んできた。

「うわっ」

「なんだっ、こいつらはっ!?」

それと同時に、まるで金属を擦り合わせるような、おぞましい鳴声が。

煙をこれ以上吸い込まぬよう袖口で鼻口を押さえ、薄目だけでも懸命に開け、

「鳥かっ？　なにがいるのだっ？　これは、なんの鳴声だっ!?　みな、無事かっ？」

かすれた声が、どこかから応えた。

「……鳥ではございませぬ！　鸓呀《るいが》！　鸓呀でございます、王！」

重なり、若い騎士の声、

「やめろーっ！」

「咬むなっ！　このっ、…離れろっ！」

なにが起きているのだ。

不気味な鳴声は、いまや耳を聾《ろう》さんばかり。

生きものの気配は、相当数、まわりにある。

取り囲まれ、襲撃されているというのか。その鼺呀というものに…？

羅剛も聞いたことはあった。

南国のほうに、飛行する袋鼠《ふくろねずみ》のような生きものがいる、と。

しかし、飛行といってもほんの一、二立《りゅう》の高さのはず。ということは、そこまで高度が下がっているのか。

けぇぇぇぇぇぃぃぃぃ、と。

長く一声、羅剛の竜が鳴き、身を跳ねさせた。

咬みつかれたのだとわかった。

竜は激しくもがく。振り落とされそうになりながら、

「このっ、下劣な畜生どもがーっ！」

羅剛は腰の剣を抜きはなち、めくらめっぽうに振り回した。

幾度か手応えはあったが、竜のもがきも不気味な鳴声も、やまぬ。

「おのれっ、聖なる竜に咬みつくとは、身のほどをわきまえぬ畜生どもがーっ！」

手綱を懸命に引き、竜に怒鳴る。

「上がれぬのかっ!? あとほんの数立でよいっ、こやつらは上空までは昇ってこられぬ！

おまえは竜であるのだぞっ！ このような小物に喰われてもかまわぬのかっ!?」


しかし…………そこで、大きく身が傾《かし》いだのである。


羅剛は瞬時意識を失った。

が、手にあたる砂を握り締め、その痛みで必死に意識を明瞭化しようとした。

竜の墜落時の衝撃で、砂の上に転がり落ちたらしい。

凄まじいめまいと嘔吐《おうと》感。

かえって高度が低くて助かった。つねの飛行位置から落下したら、間違いなく命はなかったであろう。

……竜は…っ？ 他の騎士たちは助かったのかっ…？

甦《いざ》り、まだよく見えぬ目をしばたたかせ、砂の上を手探りする。

そこへ、足音。

砂を踏みしめ、一歩ずつ、こちらへ近づいてくる。一直線に。

その者は、間近まで来て、言葉を放った。

「黒の、王よ」

誰何《すいか》する必要もない。

気力を振り絞り、羅剛は半身起き上がらせた。

かっ、と目を見開き、その者を睨み付ける。

上げていく視線にまず映ったのは、夜目にもくっきりと色がわかる、じつに下品な深紅の外套。

それから、羅剛を侮蔑的に見下ろす面差し。

……こやつが、碣祉の王……。

羅剛よりいくつか年嵩《としかさ》か。

砂漠の民特有の、乾いた肌、頬骨の張った顔、吊り上がった小眼、…なんとさもしいつらの男よ、性根の腐り具合がおもてに出ておるわと、つねの羅剛なら口を極めて嘲笑するところだが、…いまは砂地から立ち上がることもできぬ。ただ眼力《がんりき》こめて睨むしかない。

「いいざまだな。黒の王よ」

老人のようなしゃがれ声で、碣祉王は言った。

「他国の王に見せられぬのが残念だ」

負けずに言い返した。

「こちらこそな。…ここまで下劣な策を弄してまで、俺を招きたかった男の、その気味の悪いつら、他国の王に見せたかったわ」

虚勢を張ってそこまで言ったが、まだ毒草の煙が肺にあり、そのあとしばらく咳き込んでしまった。

屈辱に拳を握り締め、思った。

……なんとかせねば……っ……。

視線は碣祉王にとどめたまま、気配だけで状況を探る。

竜は全頭墜落した模様。だが竜も騎士たちも、羅剛と同様、とりあえず無事なようだ。

空にはまだ鸓呀というものが群れており、そして、まわりにはびっしりと兵士。

冷たい感覚が、背筋を駆け抜けた。

この状態で勝算などあるのか。

ただでさえ味方の数が少なく、ましてや全騎、地に落ちている。これより打つ手などあるのか…?

碣祉王の声は怒りに震えていた。

「……やはりな。神国修才邏の王とも思えぬ。このたびの王は、黒髪黒瞳、気だけが荒い賎民《せんみん》よと、…まさに噂どおりだな」

怒りなら羅剛も負けてはいない。砂に唾《つば》をし、

「ほう。俺が卑賎だと言うなら、貴様はどうなのだっ!? 小賢《こざか》しいまねしおって、…これ

が、一国の王のすることかっ！　講和を結ぶために招いたのではないのか！」

言いながら、さりげなく腰に手をやり……羅剛は、氷水を浴びせられたかのごとき感覚に襲われた。

剣が、ないのである。

さきほど抜き、鼺呀を斬り捨てた。落下の際、手から放してしまったか。

ならば、さほど遠くはない場所に落ちているはずだが、…いま、砂地を探るわけにはいかぬ。

反撃の思惑を見破られ、一気に斬り捨てられる可能性が高いからだ。

ということは、自分は丸腰でこの男と対峙しなければいけないのだ。

碣祉王はいやらしい声で嗤った。

「まさか、真に受けて来たわけでもあるまい」

「ああ！　わかっておったとも！　会ったことなどなくともな、貴様が王とは名ばかり、品性下劣《ひんせいげれつ》な男であることもな！」

ざっ、と砂が飛んできて、顔にあたった。

癇癪を起こしたように、碣祉王が爪先で砂を蹴ったのだ。

「……口の減らない男め……！　まだ偉そうな口をたたくのか！」

碣祉王は地団駄《じだんだ》まで踏み、

「この砂漠の国で、虹がどれほど尊ばれるか、貴様にはわからんだろうっ？　我々が心を尽くし、信仰する虹霓教を、貴様は軽んじ、あまっさえ、聖虹使さまをおのれの臣下のように、邪険に扱った！　それだけでも許しがたいというのに、…さらに峥嶮の王女まで我がものにしようと画策した。——貴様など、生きておる資格などない！　世のため人のため、朕《われ》が成敗《せいばい》してくれる！」

いつまでも地に這いつくばっているわけにはいかぬ。

羅剛はよろめきながら、必死に立ち上がり、

「知るかっ！　虹が尊ばれるのは、どの国もおなじであろうっ!?　俺だとて、人並みに虹霓教くらい信仰しておるわっ。…冴紗を邪険に扱っただと？　そのようなこと、してはおらぬ！　…たといそう見えても、俺たちは、心つうじておるのだっ。親しき者同士の心やすさを、他人がどう見ようと、知ったことか！」

碣祉王の眼には狂気の光が宿っていた。

羅剛の言葉など聞いていないかのように、言う。

「……貴様が峥嶮の王女を娶るなら、冴紗さま、我が国でいただく」

羅剛は高く笑った。

「は！　語るに落ちたな！　あれこれ難癖つけようと、とどのつまり、冴紗が欲しいだけではないか！　虹の者が欲しいなら、なぜ峥嶮の美優良王女を、と言わぬっ？　あれもい

ちおうは虹髪の姫、そのうえ女だぞっ？　あれを妃に娶ればよいではないか！」

碣祉王はさらに地団駄を踏んだ。

「崢嶮の王女など、…たとえどれほどの美姫であろうと、冴紗さまの麗しさの足元にも及ぶまい！　あの気高さ、お優しさ、……貴様などの国に、なにゆえ降り立たれたのか、…天界より、あまりの穢れたさまをご覧になり、哀れに思《おぼ》し召したのか………」

最後のあたりは空を見やり、酔っているかのごとき物言い。

羅剛は呵呵大笑《かかたいしょう》を始めてしまった。

けっきょくはこの男も冴紗に狂うただけで、戦の理由など、とってつけたような言い掛りでしかないのだ。

「冴紗の表面づらだけ見て、いったいなにをわかったつもりでおる。『聖虹使』としての冴紗など、ただの木偶《でく》だ。…気高いだと？　お優しいだと？　――は！　芝居を真に受けて、よう言うわ！」

本来の、あの無邪気な愛らしさを知らずに、偉そうに冴紗のことを語るな！　と怒鳴ってやりたかった。

「それほど拝むものが欲しいなら、…おお、ならば冴紗の着た服でもくれてやるわっ。俺が山ほど作ってやったのでな、たんとあるからの。貴様らなど、虹石に冴紗の古服着せて、ありがたがっておればよかろう！」

凄まじい殺気が飛んできた。

碣祉王は剣を抜いていた。

その切っ先は震えていたが、声はさらに震えていた。

「虹の御子さまのお心に背くことゆえ、殺生《せっしょう》は極力避けた。だが、……貴様だけは、許せぬ。貴様がおったら、御子さま、お心やすらかに聖虹使のお役目に専念できぬ」

反撃の突破口《とっぱこう》を開かねばならぬのに、怒りがまさってしまった。

「当然だ。冴紗は俺のものだっ！　聖虹使の役目など、やすらかにやらせてやるものか！　できるならやめさせてやりたいのだ！　なにも知らんで、勝手なことばかりほざきくさってっ、…………ああ、よいことを聞かせてやろう。冴紗は、俺に抱かれておるぞ？　幾度も、幾度も、な」

せめて嫌がらせの言葉でも吐かぬと、憤怒《ふんぬ》が治まらぬ。

……冴紗の苦しみも知らんで……！

勝手に崇め奉り、すがりつくことの、なにが信仰だ！　なにが心尽くして、だ！

なにもかも振り捨てて芝居をせねばならぬ、冴紗の憐れさが、なにゆえこいつらにはわからぬのだっ！

神の子など、おらぬのだ。あれはただの、人の子だ！

だが、碣祉王も怒りが極まったのか、顔面に血を上らせ、

「……か、神をも畏れぬ、不埒者がーっ！　御子さまを穢し、のうのうとほざくかっ!?」

羅剛も怒鳴り返す。

「俺が抱いたのは、神の御子などではないわっ。俺の『銀の月』としての、冴紗だっ！」

碣祉王は目を剝いた。

次の瞬間、唸り声をあげた。

「貴様ぁーっ、美優良王女を娶るのではないのかっ!?　冴紗さままで我が者とし、…いったいどれほど天に楯突《たてつ》くっ？　やはりその黒髪黒瞳は、魔の者の証かっ!?」


この王は、人など斬ったことがないに違いない。

小心で偏執的な、狂信者。

それはわかっているのだが、だからこそ、羅剛に対して本気の怒りを滾らせていることも、感じ取れた。

碣祉王はぶるぶると手を震わせ、剣を振り上げた。

……もはやこれまでか……。

剣より先、鋭い絶望の切っ先が、胸を刺し貫く。

手元に剣さえあれば、荒ぶる黒獣とまで恐れられた羅剛だ。このような男にはけして負けはせぬ。返り討ちにしてくれる。

が、…たとえ剣があったにしろ、まわりはすべて敵。味方も、若い騎士と老騎士のみ。

助かる可能性は、まず、ない。

ついに羅剛は、天を仰ぎ、呪いを吐いた。

「聞いておるか、虹の天帝よっ！　――俺が死ねば、冴紗が泣く！　貴様、それでもかまわぬのかっ!?」

いま、あの憐れな幼子を、ひとり残して死なねばならぬ。

口惜しや。

冴紗の苦しみを、哀しみを、自分以外のいったいだれがわかってやれるというのだ。自分が死ねば、あれは生涯、泣くことも怒ることもできぬ。あの淡いほほえみだけで生きていかねばならぬというのに。

冴紗。

我がいとしの妃よ。

……約束を、違《たが》えてしまうのだな、俺は。

悔しい。情けない。我が身が憎い。冴紗を泣かせてしまう自分が、間抜けな自分が、心の底から、憎い。

羅剛は振り返らず、背後に怒鳴った。

「修才邏の騎士たちよ！　――貴様らは死ぬなっ！　けして俺のあとなど追うなっ！　こ

の卑劣な男にどれほどの辱め受けても、かならず国に戻り、冴紗を守り抜けっ！」

騎士たちはすでに啜《すす》り泣きを始めている。

「…………王…………！」

碣祉王は嘲笑し、

「最期《さいご》まで、そのような悪あがきを……」

吠え返した。

「悪あがき……？　いとしき者の行く末気遣うは、男として当然のことであろう！」

声を大にして、叫ぶ。

「嗤《わら》いたくば、嗤えっ！　恋に狂うて死ぬるは本望、――我、天地に愧《は》じずっ！」

碣祉王は怒りにまかせたように、剣を振りおろそうとした。

「ならばその言葉、魔界で述べよっ！」

そこで――羅剛の耳は、不思議な音をとらえたのである。

碣祉王も気づいたのか、剣をかまえたまま、動きを止めている。

遠く、かすかに、だがはっきりと聞き覚えのある、音。

……飛竜の羽音……っ!?

すぐに思いなおす。

いや、そんなはずはない。飛行可能な竜は、もう残されてはいない。二年仔や老竜までかりだしたのだ。修才邏にもう飛竜は残されてはいないはず。

しかし、闇夜を縫うように、羽音はたしかにこちらに近づいてくるのだ。

羅剛は混乱し、懸命に考えた。

伝書用の小竜の羽音を聞き間違えているのか？　加勢の竜が、思いのほか早くに到着したのか？

そうだとしても、羽音は一頭のようだ。

ぞっとする思いで、羅剛はつぶやいていた。

「…………さしゃ…………」

一頭だけ、まともに飛べる竜がいることを思い出したからだ。

……大神殿に、冴紗のための竜を置いてきた……。

必死で首を振る。

いや、違うのだ。冴紗であってはならぬ。なんのために自分たちが戦ってきたのだ。すべて『冴紗』を護るためではないか。

篝火はすべて消されている。

いまだ陽は昇らず、空は闇に近い。

であるにもかかわらず、竜はまっすぐ飛んでくる。

だれもが暗い天を見上げ、息を呑んでいた。


しゅっ！


それは、あまりに静かな音であった。

ただ気配だけが鋭く空を切り、碣祉王の振り上げた剣に、あたった。

「……ひぃぃ……っ！」

怯え、剣を投げ捨て、碣祉王は尻餅《しりもち》をついた。

「剣に……っ、…剣に……なにかが……」

静かな音は、たてつづけに起こった。

そのたびにあがる悲鳴。

「……ふ、服の袖に……っ」

「お、おれもだっ。動けん！」

なにが起きているのか。

敵兵の狼狽した喚《わめ》き声が響き渡る。

「……矢だ…！　…矢を射かけておるのだっ！」

浮き足立った兵たちは、我先に逃げだそうとしている。

羅剛は茫然と天を見上げていた。

竜に騎って来た者が、この闇のなか、的確に敵を射抜いているというのか…？　それも、傷を追わせず、袖を縫い留めるだけで。

そのようなことができる者は……修才邏にただひとりしかおらぬ。いや、世界広しといえども、ただひとりしか、おらぬ。

そう気づいたとたん、羅剛は叫んでいた。

「来るなっ、冴紗っ！　ばか者がっ、けして降りるでないぞーっ！」


あろうことか。

まさしく、その瞬間。

地平線から太陽があらわれ、天には虹がかかったのである。

「………おお……！」

どよめきが湧き起こる。

敵も味方もなく。すべての者が天を見上げていた。

明けゆく夜に浮かび上がる虹の、あまりの神秘に、羅剛さえ絶句する。

天にかかる虹の頂上には、やはり、仮面をつけた冴紗。

竜の背、長い髪を風に舞い上がらせ、弓をかまえた……夢幻のごとき、その姿。

光を集め、輝くさまの、なんたる美しさ。

眩耀は弧を描き、地に舞い降りる。

「………………御子さまが、ご降虹《こうこう》なされた……」

ざっ、と激しい音。

地にいた者たちはことごとく、平服していた。

剣など投げ捨て、みながみな、おなじ言葉をつぶやいていた。

「……御子さま……。虹の御子さま……」


だが。

地に降りた冴紗は、ころがるように羅剛のもとへと駆けてきたのだ。

砂に足をとられながらも、懸命に。

そして、胸に飛び込んできた。

「………ひどうございます……！　冴紗のもとにかならず戻ると、おっしゃったではありませぬか！」

冴紗の腰には、見覚えのある剣があった。

尋ねるまでもない。あの神官は、冴紗に告げてしまったのだ。さらになに者かが、この地を教えてしまったのだ。

声が震える。

「ばか……者がっ！　早う、竜に騎って、戻れっ！　降りてくるなと、俺は言うたであろうに！」

「いやでございますっ！」

泣き声であった。

「あなたさまの命《めい》でも、きけませぬ！　王を護るは、民の務め。わたしも修才邏の民でございます！　そして、……あなたさまのお情けをいただいた者でございます！」

だから、教えたくはなかったのだ！

冴紗は身の危険も顧みず、羅剛を救けようとする。

いま、そばにいる男は、『冴紗』を欲して戦を仕掛けてきたというのに！

いとしさに一瞬だけ胸にかきいだき、羅剛は冴紗を押し戻した。

「戻れ！　戻ってくれ！　修才邏の民すべての願いだ。おまえは無事に、国へ帰るのだ！」

冴紗は首を振り、しがみついて離れようとしない。

「羅剛さまがご一緒でなければ、戻りませせぬ！　騎士のみなさまも、全員ご一緒でなければ、いやでございますっ。わたしを戻したいとお思いでしたら、どうぞともに帰ってくださいませ！」

そこへ、――割り込むように、声がかかったのである。

「御子さま！」

反射的に冴紗を背に庇い、羅剛は碣祉王の前に立ちはだかった。

眼力こめて、睨む。

この身が切り裂かれても、冴紗には指一本触れさせせぬぞっ、との強い意志をこめて。

しかし……碣祉王は、いまだ平伏したまま、陶然としたような目でこちらを見上げていたのである。羅剛など透かし見て、背後の、『冴紗』だけを。

その異様な目つきに、ぞっとした。薄ら寒い気分で思い出す。

……そうだ。この男は冴紗の狂信者であったのだ。

「御子さま。我が碣祉へ、ようこそいらせられました」

冴紗は、おずおずと羅剛の背から覗き見、驚いたように、

「あなたは……幾度も、謁見に見えられた……まさか、あなたが碣祉王……」

やはり冴紗は碣祉の王を見知っている様子。

碣祉王は顔を輝かせ、

「はい！　お見知りおきいただき、恭悦至極《きょうえつしごく》に存じます！」

唖然と、羅剛は冴紗を振り返った。

冴紗も顔を強ばらせている。

碣祉王の、場にそぐわぬ喜色満面《きしょくまんめん》が、恐ろしかった。

この男は、おのれのしでかしたことが理解できていないのか…？　冴紗がどのような状態でやってきたのか、わかっていないのか……？

そのうえ冴紗は、堂々と羅剛に抱かれていることまで公言したのだ。そういうことはまったく耳に入っておらぬのか。

殺されかけたことも忘れ、羅剛は立ちすくんでいた。

冴紗に狂うは、我が身もおなじ。

おぞましく、哀れな。そして、ひどく疎ましい。

我が身の穢れを見るような苦痛に、羅剛は顔をそむけた。

背後から、震える声。

「…………わたしを……ご所望《しょもう》になり、こたびの戦を起こされたと、聞きました。まことでございましょうか、碣祉の王よ」

思わず固く瞼を閉じる。

冴紗が『聖虹使』を装う場面を目のあたりにし、そうせずにはいられなかったのだ。

羅剛には、いまのいままで、恋人どうしの詰《なじ》る口ぶりであったのに、……やはり他者には、平静を取り繕うのだ。このような場面であっても。

「はい！　御身が、修才邏などという下賤な国におられるのは、まことにもったいないお話。ぜひ我が国にておもてなし申し上げ、」

ぴしゃりと、冴紗は遮った。

「いいえ！　お言葉が過ぎましょう。我が身は侈才邏のもの。神がなにゆえ、わたしを侈才邏に降ろしたとお思いです」

身が震える。

つねの冴紗とは、あまりにかけ離れた物言いである。

あきらかに『神の御子』であるという前提での、言葉であったからだ。

自分の知らぬ場所で、どれだけ長いあいだ冴紗が『聖虹使』の芝居をつづけてきたか、いまさらながら思い知らされた。

冴紗は、羅剛の背から一歩出て、言葉をつづける。

「神の思《おぼ》し召《め》しを、人の心で変えようとなさいますか。わたしが他国ではなく、侈才邏に降り立ったのも、神のお心ゆえ。そして、侈才邏国王であられるこのお方に剣を向けるのであれば——それは、わたしに向けているとおなじことです」

冷たく、さえざえとした口調。

断じる声は、神々しくさえ、あった。

「あなたさまも、一国の王。王たるお方が、兵を殺《あや》め、民をないがしろにし、神に赦《ゆる》されるとお思いですか。わたしを招くためだけに戦を起こす。…それは天に唾《つば》する行為だと、なにゆえおわかりになりませぬ。——ならば……どうぞこの首、お斬りくださいませ。虹の髪、虹の瞳をそれほどお望みでしたら、斬ったこの首を、どこへなりと、お飾りくださいませ」

静かな口調に聞こえる。

が、羅剛にだけはわかった。

冴紗の身体は小刻みに震えていた。たぶん激しい怒りのために。

それを押し隠し、懸命に平静な言葉を吐いているのである。

碣祉王は、冴紗の言葉で、心臓を射抜かれたかのごとき驚愕の表情となった。

額を砂に擦りつけ、釈明を始めた。

「……も、申し訳、ございませぬっ。…御子さまのお首をなどと……どうか、どうか、お赦しください。私は、せめて……一目なりと、ご尊顔、拝したいと、…遠く修才邏、麗煌《りこう》山《ざん》まで、幾度詣《まい》りましても、他国の私には、御身のご尊顔、拝する機会は生涯なく、……悔しかったのでございます。黒の王は、御身とはご昵懇《じっこん》の間柄と洩れ聞き、…どうか、お察しください！　御身に恋い焦がれた年月、哀れと思し召しでしたら………」

ぽたぽたと砂地に涙が滴《したた》る。

碣祉王の無念は、羅剛には痛いほど理解できた。

自分もまた、おなじ立場であったなら、おなじ行動をとっていたであろう。

どれほど恋い焦がれても、聖虹使である冴紗は遠く、仮面ごしの姿しか見られぬとしたら、……いま、ああやって地に伏し、涙に噎《むせ》んでいるのは、自分であったかもしれないのだ。

冴紗は羅剛を振り返り、そっと尋ねてきた。

「……かまいませぬか、羅剛さま…？　仮面を取っても？」

こちらを見るときだけ、普段の気弱げな表情と口調に戻る。

碣祉王への同情、我が身の優越感、そして冴紗への不憫な思い、…すべてが入り混じり、なんともいえぬ気分で、羅剛は応えた。

「俺はかまわぬ。好きにせよ」

冴紗は碣祉王の前に立ち。

無言で仮面を取った。

見上げる男の目が、驚愕に瞠《みひら》かれる。

「…………お、…お………なんという………」

碣祉王は滂沱《ぼうだ》の涙を流し、手を合わせて拝んだ。

歓喜のさまが、敵ながら胸に詰まった。

「……なんと、麗しい……。なんと、清らかな……」

躄《いざ》り、冴紗の衣の裾にくちづける。

「聖なる御子さま、……数々のご無礼、どうか、ひらにお赦しください。こたびの戦のあと始末、幾年かかっても、我が国が返済いたします。修才邏には、これ以上ご迷惑をおかけいたしませんので、…どうぞ、ご寛恕《かんじょ》をっ」

碣祉王だけではなく、気づくと敵兵までもが全員平伏し、冴紗を拝んでいる。

冴紗は聖虹使の言葉づかいで、言った。

「わかりました。あなたのお言葉を信じます。そして、忘れないでください。天の我が父と、わたしは、いつでもあなたを見守っています。あなたを、愛し、慈しみの想いで、見つめつづけています。――人として、正しき道を、お選びください」

なにを思ったか、冴紗はふたたび仮面をつけた。

「それでは、戦いを止めねばなりませぬ。いまだ争う地があると聞きました。停戦が一刻でも遅れれば、その間どなたかが傷を負われるやもしれませぬ。命を落とされるやもしれませぬ」

碣祉王はすがりつくように、

「では、…では、ただちに伝令を…」

「いえ。わたしが飛びましょう。飛竜より速く飛べる動物はおりませぬ。それに、修才邏の他の竜や騎士たちは、…見たところ、飛べる状態ではございませぬゆえ」

碣祉王は身を揉んで啼泣《ていきゅう》した。

「もうしわけ、ございませぬっ。…御身を、お救いしたかったのです。穢らわしい黒の王の横暴で、御身がお苦しみだと思ったのです！　御子さまにご負担をかけるつもりなど、毛頭ございませんでした……！」


冴紗の手は固く握られ、拳が白く見えるほど。

内心、嗔恚《しんい》に震えているのがよくわかる。

……この激しさを、他の者はわからぬのか……。

憐れな。

冴紗が血を吐く思いでこらえている感情を、もうこれ以上逆撫《さかな》でするなと、羅剛自身はいくら貶《けな》されてもかまわぬが、冴紗にとってはひどい苦痛なのだからやめろと、口をはさんでしまいそうになったが、――そこで、冴紗が振り返ったのだ。

「羅剛王さま、黒竜旗を。そして碣祉の王よ、碣祉国の御旗《みはた》、お貸しくださいませ。二旗を以て、和平の証といたします」

どちらの王も、むろん異論などあろうはずもなかった。

「大儀であった。そなたらの、命の危険をも顧みぬ滅私《めっし》の随行、この羅剛、有り難く思うぞ。…毒が抜けるまでしばし休み、あとは急がず戻ってくるがよい」

騎士たちと自身の竜にはそう言い起き、羅剛は冴紗とともに、竜へと乗り込む。

冴紗は無言であったが、碣祉城が見えなくなると、なにやらつぶやいた。

「………雲の上まで、…昇ってくださいませ」

吐息のような声であったが、かろうじて聞き取れた。

「……あ、ああ。わかった」

しかし、昇ったとたん、冴紗は仮面を毟り取り、向きを変え、すがりついてきたのである。

あまりにせつない歔欷《きょき》の声をあげる。

「……冴紗」

が、すがりついているはずであるが、その手は小刻みに震え、…掴み取ってやると、指先など硬直し、ほとんど力さえ入らぬありさま。

胸を衝かれた。

……これほどまで……。

急いで、追いかけてきたのだ。

どれほどの時差で飛び始めたのかはわからぬが、羅剛たちもそうとう早駆けさせたのだ。

騎竜が不得手な冴紗にとって、追尾《ついび》は並みの苦労ではなかったろう。

ふいに冴紗は、泣きながら食ってかかってきた。

「御身にもしものことがありましたら、冴紗も生きてはおりませぬっ。以前、そう申し上げました！　お忘れでございますかっ⁉」

「………さしゃ……」

「なぜにお命じくださらなかったのですっ⁉　あなたさまは修才邏の王でございます！　この首ひとつで戦が避けられるのなら、碣祉王に差し出してくださればよかったのです！」

羅剛も言い返した。

「おまえは俺の妃であるぞっ⁉　渡せるわけなどなかろう！　俺の首渡したほうがましだっ！」

冴紗は泣きじゃくっている。

「……なれど……なれど、…御身のためだけに生きておりますものを、…冴紗の心もお察しくださいませ！　お慕いいたしておりますと、…命かけてお仕えいたしますと、…幾度も幾度も、申しあげましたのに……！」

胸の痛みで声も出ぬ。

「冴紗は、…悔しゅうございますっ。碣祉王があのような、羅剛さまを罵《ののし》る暴言を吐き、……黙ってこらえるのが精一杯でございました。我が国の気高く尊い王を……あとひとことでも侮蔑の言葉を吐いたら、弓を射かけてしまったやもしれませぬ……！」

これほど激しい冴紗の姿を、世の者どもは知らぬ。

怒ることも泣くことも許されず、そのうえ仮面で顔を隠され、人前で飲食を摂ることも、

むろん、寝ることも、いや生きものとしてのすべての行為を禁じられ、ただ神の言葉を語るのみ。

そのような、麗しいだけの生き人形を、なにゆえ人は造ろうとするのか。欲するのか。この、感情のままに、怒り、泣く、素顔の冴紗を、なにゆえ見ようとしないのか。

冴紗は腰の剣を取り、差し出した。

「和基《わき》が、教えてくれました。ご夫君《ふくん》が一大事でございます、と」

本心から驚いた。

「あの神官が、……そう申したのか」

夫君、と。

そう言うたというのか。

流れる涙を拭うこともせず、冴紗は言いつのる。

「和基は……あなたさまにお伝えくださいと、……『王が薨《みまか》られましたら、冴紗さまもあとを追われましょう。冴紗さまをお護りするのが、我ら神官の務め。であるならば、お知らせしないわけにはまいりません』と……」

だが途中で泣き崩れてしまう。

そのときの冴紗の驚き、王宮へ向かい、事のあらましを聞き、すぐさま追尾したさま、……語らずとも、目に浮かぶようである。

「…………すまぬ」

ほかに、言葉などない。

謝る以外、自分になにができる。

「すまぬ。……だが、おまえも、わかってくれ。俺こそ、おまえを護りたいのだ。命にかえても。俺にとっても、おまえはおのれの存在より重いのだ」


竜を疲れさせぬよう、それでも早駆けさせ、各戦闘地を回った。

睨み合い、一触即発であった両軍は、上空に『黒竜旗』と『碣祉国旗』を見るなり、凄まじい歓声をあげた。

さらに、竜上、虹髪を翻した仮面の冴紗を認めると、——双方、武器など投げ捨て、地に平伏した。


御子さまが……。

大神殿の御子さまが、…我らを戦わせまいと、わざわざお出ましくださった……。

ありがたや。なんとお情け深い、虹の御子さまよ。

歓喜の声は泣き声となり、地が波打つようなうねりとなった。

Ⅷ　帰国。…花の宮にて

修才邏《いざいら》国民は熱狂し、花を撒《ま》いて羅剛《らごう》と冴紗《さしゃ》を出迎えた。

「王さま、万歳！」

「聖虹使《せいこうし》さま、万歳！」

湧き起こる声は、軍隊にも惜しみなく注がれ、人々の顔は戦を逃れられた喜びに満ち溢れていた。

じっさいには、ひとりの死者もなく、完全な無血停戦であったのだ。

羅剛の心にも、深い安堵の思いが湧いていた。

「みな、ようやった！　こたびの和平交渉は、兵士、国民、ひとりひとりの、誠心誠意の努力によって成し遂げられたものである！　大儀であった。みな、今宵はゆるりと休むがよいぞ！」

兵たちをねぎらい、無事戻ってきた永均《えいきん》はじめ騎士団員との再会を喜び、宰相ら王宮を守っていた者たちを誉め、簡単な雑事をこなし、……しかし夜、湯を使い、花の宮に戻るあたりで、胃に重いものがこみあげてきた。

めでたいはずであるのに、純粋に喜べぬ自分が、いた。

一足先に花の宮で休ませていた冴紗は、銀の夜着《やぎ》に着替え、やはり宮の前で羅剛を待っていた。

「羅剛さま！」

喜びが伝わってくる。

駆け寄り、頬を染め、羅剛を見つめる。

感情を隠さぬ冴紗を、あれほどいとしいと思うていたはずなのに、…なぜだか胸の錘《おもり》は増すばかり。

我知らず、嘆息し、つぶやいていた。

「……俺などおらんでも、……そうだの、忘れておったわ。おまえは『世を統べる者』であったのだな。おまえさえおれば、世はなんなくまとまるのだな。俺など、…じっさいには、必要ではないのだな」

その瞬間の、冴紗の、絶望の色。

怒りでも哀しみでもない。

息さえ、心の臓さえ止まってしまったかのように、冴紗は凍りついた。

やがて、…胸を押さえ、口もとを押さえ、……涙を流し始めた。

羅剛のほうが面食らい、狼狽した。

「さしゃ……」

そのようなつもりではなかった。つぶやくつもりもなかった。自分でも、胸の錘の意味がよくわかっていなかったほどだ。

冴紗は泣き声もたてぬ。

あまりにしめやかに、雨に濡れた花のように、涙だけを流す。

おのれの吐いた言葉の酷《むご》さに気づき、羅剛は打ちのめされた。

「…………すまぬ」

悔しかったのも事実。命が助かった喜びよりも、護るつもりでいた冴紗に救けられ、……ひどく情けなく思ったのも、事実。

だが、……そのていどの、安っぽい男の見栄など、いったいなんの価値がある…？

護りたいのは、『冴紗』だ。おのれの矜持ではない。

重い運命《さだめ》の、我が妃よ。

神の御子と崇められねばならぬ、憐れな人の子よ。

いま、ようやくわかった。

自分がなぜ、黒髪黒瞳などに生まれねばならなかったのか。

冴紗の、歴史上初めての、虹髪虹瞳の神の御子、その影になるためであったのだ。

……そうか。そうだったのか。

胸に落ちるように、納得できた。そして、不思議なほど満ち足りた、幸福感が湧いてきた。

ならば、見栄など捨ててやる。

世からどれほど罵られようと、下賤な暴君よと誹《そし》られようと、かまいはせぬ。

自分でしか冴紗の心を守れぬなら、冴紗が自分にしか心を開かぬなら、それは最高の喜びではないか。

手を伸ばし、氷の柱のごとく固まってしまっている冴紗を、そっと抱く。

「すまぬ。皮肉めいたことを口にしてしまった。本心では、むろんないぞ？　ただ少々疲れて、妙なことを口走っただけだ。気にするでないぞ…？」

みずからの熱を移すように、しっかり抱き、

「礼も、俺はまだ言うていなかったな。……許せ。つらい思いをさせてしまったな。…よく、救けに来てくれた。おまえが来てくれなんだら、……俺はいまごろ、あの砂の地で死んでおったろう」

胸に抱き締め、髪を撫でてやると、冴紗はようやく嗚咽を洩らし始めた。

それでも声は出ぬ様子。

ふと、気配を感じ、視線をめぐらせば、そこには花の宮の女官たち。

羅剛と視線が合うと、なぜだかどの者も、うっすらと笑った。

冴紗さまを泣かせて！　と怒りだすかと思ったが、さにあらず、身振りで宮内を差し、かるい会釈で下がっていく。

意味を解し、目頭が熱くなった。

自分たちは下がるので、寝所のほうでごゆっくり冴紗さまを慰めてさしあげて、…と、そう伝えてきたのだ。

うなずきだけで感謝の意を返し、羅剛はさりげなく冴紗の背を押し、寝所へ向かった。


寝台は、初夜のときと同様、花で飾られていた。

腰掛け、膝の上に冴紗を座らせる。

涙はもう止まっていたが、冴紗は意志のない人形のようである。

自分の発した言葉がそれほどまで冴紗を打ちのめしたのかと、羅剛は激しく後悔した。

冴紗は望んで虹髪虹瞳に生まれたわけではない。

人々に敬われることも、望んでなどいない。

命さえ投げ出す覚悟で、単身敵国に乗り込んできてくれた冴紗に、自分はなんと残酷な言葉を吐いたのか。

「……さしゃ」

髪を撫で、頬にくちづけし、ちいさく尋ねる。

「すまなんだ。まだ怒っておるか…？　俺を許せぬか…？」

ぴくりと、人形に生気が蘇《よみがえ》り、冴紗はおどおどと視線を合わせてきた。

哀しげに言うことには、

「…………冴紗は……御身の、お役に立ちたかっただけでございます……」

生気が戻ったと同時に涙も溢れてきてしまったらしく、ぽろりとひとつぶ、頬を滑る。

「冴紗こそ、…お尋ねしとう、ございます。わたしは、…それでは、どうすればよかったのでしょう…？　まだお怒りですか？　お許しいただけませぬか？」

深く、深く、羅剛は嘆息した。

……なにゆえ神は、このような者を創ったのであろうな。

あまりに純粋で、幼い。

この胸に渦巻く汚い感情を、言葉にして伝えようとしても、きっと冴紗にはわかるまい。

世の人間どもが、どれほどおまえを尊んでいるか。狂うばかりの羅剛の恋心も、たぶんよくはわかっておるまい。

そして、以前本人が言うていたとおり、冴紗の目には『羅剛』しか映っておらぬ。

それは喜びであるとともに、ひじょうに憐れを催すものである。

父も母もなく、親族もおらぬ、天涯孤独の身の上。

ある意味、羅剛よりも数倍寂寥の日々を強いられてきた冴紗。

冴紗は、羅剛を慕うことだけを心の支えとして、生きてきたのだろう。

髪を指で梳き、さらさらと、零れ落ちるままに、さらさらと、羅剛はいつものように、もてあそんでいた。

……ならば俺は、冴紗のもっとも喜ぶ言葉を言うてやらねばならぬのだな。

覚悟を決め、声にだす。

「役に立っているか、だと？」

冴紗が長年やってきたことだ。自分にも芝居くらいはできるだろう。

笑いを作り、言うてやる。

そうすることが、いちばん冴紗を安心させてやれるのだと、おのれに言い聞かせて。

「尋ねんでもわかりそうなものだろう？　おまえがおることで、俺は素晴らしい天の恵みを受けているぞ？　他国は侵略せず、国は栄え、民は潤う。…いまの修才邏が良い国だとは思わんのか？」

数度、まばたきし。

冴紗の顔には、いままでとは打って変わった喜びの色が表れた。

「まことでございますかっ？」

痛々しい。

なぜそこまで嬉しそうな顔をするのだ。自分の言葉などで。

だが、いつもどおりからかい混じりで言葉をつづける。

「俺の言葉を信じぬのか？　ん？」

頬に色が戻り、見る間に、ぽうっと薄紅色に染まる。

「それでは……冴紗をお厭《いと》いなのでは、…ないのですね……？」

せつない思いを噛み殺し、

「ああ。厭うわけなどなかろう。俺はおまえが、いとしくていとしくてたまらぬぞ。つねのおまえは愛らしく、慕わしいが、『聖虹使』のおまえは、この国をまとめ、人心をやすらかにし、…まこと、おまえほど得難い者はおらぬ。俺は果報者であるぞ」

冴紗の目にはふたたび涙が浮かんだが、喜びの涙であるのは一目瞭然。

潤んだ瞳で羅剛を見上げ、

「もったいないお言葉でございます。うれしゅうございます」

素直な喜びようが、胸に痛い。

つい、本音を付け足してしまった。

「だがな、……俺は、おまえの姿かたちだけを愛したのではないぞ。おまえの、虹の威光を利用したいわけではないぞ。俺が惚れたのは、…あの、こぎたない小僧の、おまえだ。おまえが虹の容姿などしておらなんだら、これほど麗しく育たなんだら……俺の想い、だれにも邪推されずにすんだものを」

むろん、冴紗の麗しさは、たいへん好ましい。

だが、美しさでも、虹の威光でもない、冴紗本人がいとおしいのだと、…どれだけ言葉を尽くしても、証明するすべがない。

ふわりと、花のほころぶように、冴紗は笑み、

「ご利用できることがあれば、なんなりとご利用なさってくださいませ。冴紗は、御身のお役に立てるのであれば、それがいちばんうれしゅうございます」

こらえきれなくなり、言いつのる。

「だがっ、…苦しかろう？　つらかろう？　俺は、胸が痛むのだ。俺がおまえを神官にさせてしまった。おまえは普通の生活を望んでいたというのに……。じつは先日、見てしまったのだ。おまえが大神殿で謁見するところを。……が、憐れすぎて、長くは見ていられなんだ。真実のおまえと、あまりにかけはなれた姿に、あまりに芝居じみた言葉づかいに……俺が、あのような苦行を強いたのかと思うと……」

きっぱりと、冴紗は言い切った。

「よいのです。わたしの、人としての真実の姿など、どなたにも、知っていただかなくてかまいませぬ。羅剛さまだけが知っていてくだされば」

すこし視線を浮かし、どこか、まるで別の世でも観ているかのような不思議な表情で、

冴紗は言う。

「冴紗は、修才羅のため、羅剛さまの御ためになれるのであらば、——なにもつらくはありませぬ。みごと、『聖虹使』のお役目、演じきってみせましょう」

けなげな決心を、それでは自分は、受け入れてやらねばならぬのだろう。

どれほど胸が痛んでも。それこそが冴紗の望みであるのなら。

おずおずと見上げる瞳。

なんとわかりやすい。

なのでいつもからかってやりたくなるのだが。

「ん？　急に見つめて、どうした？　くちづけてほしくなったか？」

ぴくりと睫を震わせ、困ったように、だが、誉めてくれたのならすこしは甘えてもいいのかと、いやいや、慎みのないまねなどしたら嫌われてしまうのではないかと、変わる表情で、冴紗の考えをそのまま言いあてられそうだ。

返事も聞かず、ぐいっと抱きすくめ、激しく唇を契《ちぎ》る。

「…………ぁ…………ぁ……」

甘い吐息。

唇を離すと、名残惜しそうに、睫をしばたたかせる。

笑うなというほうが無理な話だ。

「ほんにの……」

愛らしいさまを笑おうとしたのだが、口から出てきたのは違う言葉であった。

「俺は、…生きて帰ってこられたのだな」

冴紗に触れ、いまごろになって実感が湧いてきた。

「ありがたい。生きているからこそ、おまえをこうして、また抱ける」

寝台に横たえ、忙しなく冴紗の衣をまくる。

目が眩むような、強烈な欲望に襲われた。

「さしゃ。おまえをふたたび抱くことだけを願って、俺は戦地へ赴いたのだぞ」

揺れる、瞳。

だがやはりうまくしゃべれぬらしく、さりとて抱きつくこともできぬらしく、困惑ぎみに、冴紗は眉を顰める。

仮面を脱ぎ捨てた冴紗は、なにもかもに戸惑う。聖虹使の際は、どのような事柄にも、当意即妙《とういそくみょう》な答えを返していたというのに。

「おまえ、……唯一の欠点は、色事《いろごと》に疎いことであるな」

笑って言ったが、いつもどおり真に受け、冴紗は睫を震わせた。

「お気に、…召していただけるよう、…それでは、精進《しょうじん》いたしまする。申し訳ございませぬ。……どう直したら、…よろしいのでしょうか…？　師を仰ぐならば、どなたか、素晴らしいお方がいらっしゃいましょうか…？」

羅剛は本気で吹き出していた。

「いや。直さずとも、よい。そのままのおまえが、俺はいとしいのだ」

覆いかぶさり、唇を吸う。

裾から差し入れ、早急に探り当てた果実は、すでに熟していた。

「……………ぁ………」

わずか、狼狽の声をあげたが、それも唇で吸い取ってしまう。

脚のあわいの果実を、たなごころで、味わう。

熟さぬ前の柔らかきころより、揉んで熟させるもよし、こうして、すでに蜜の溢れる間際の、堅く張りつめた感触から愉しむも、またよし。

冴紗の両の脚間の性器を、羅剛はたいそう愛していた。

言葉すくない冴紗の本心を、なによりも雄弁に物語ってくれるからだ。

「この実は、」

冴紗の唇に、そっとくちづける。

「まこと、よう熟すの」

さらに幾度か啄むように。

「ほれ。俺の接吻で、さらに、…な」

花のかんばせは、紅の花のごとき色。

「……らごう…さま……っ…」

身悶え、まくりあげられた衣の裾を懸命に引き下ろし、果実を隠そうとするのだが、羅剛の手はすでに、果実を握り込んでしまっている。隠してどうなるものでもない。

しかし、恥じらうさまの愛らしさに、言葉なぶりをしたくなる。

「おまえ、俺の妃になるのだぞ？　夫である俺の手を隠すとはなにごとだ？」

喉の奥で笑いをこらえ、

「ならば、その手で」

羅剛は手を離し、冴紗の手を引き、果実を握らせた。

「蜜を搾りだしてみるか？　おまえ、おのれの手で慰めたことはないと言うたろう？」

羞恥と困惑。

むろん、冴紗の奥手もあるが、神官としての暮らしで、性欲とはこらえねばならぬもの、ましてや聖虹使になる者にとって、『性』などあってはならぬものと、長年思い込んでいたらしい。

おずおずと指を上下したようだが、

「……羅剛、さま……」

すがる瞳で、冴紗は見上げる。

「どうした？　やり方なら、俺がいつもしてやっておろう？　果実のまわりをこすればよいだけだぞ？　おのれの身体だ。心地よくなるように、だ」

涙目になり、ちいさく首を振る。

予想していたことなので、羅剛は笑いをかるい咳払いで誤魔化す。

自分でしても心地よさが得られぬのか、羅剛の眼前で慰めることが、あまりに羞かしいのか。

「どうした？　できぬのか？　では、命令だと言うたら、――きくか？」

虹の瞳を隠すように、睫は伏せられ、

「……………ご命令とあらば……」

ついに耐えきれなくなり、羅剛は笑い声をあげた。

「よい。おまえがあまりに愛《う》いので、泣かせてみたくなっただけだ」

ふたたび覆いかぶさり、くちづけしつつ、果実を掴み取ってやる。

「もったいない。俺は、これを溢れさせるのが大好きなのだ。おまえにもやらせてなどやるものか」

握り込み、二、三度指を上下させただけで、果実は跳ねかえり、

「……ぁ………ぁあ……っ……」

落ちるような微かな悲鳴をあげ、冴紗は蜜を零れさせた。

手を抜き、かかった蜜を、わざとらしく舐めてやる。

冴紗は放出の余韻でぼんやりと視線を泳がせていたのだが、

「……あっ」

羅剛のしていることに気づくと、

「おやめくだ…さ……」

あわててみずからの両手で羅剛の手を覆い、懸命に止めようとする。

「ん？　なぜ舐めさせぬ？　このようにうまいものを。じかに吸うてやらなんだから、怒っておるのか？」

笑いつつ、羅剛はその指のあいだにまで舌を差し入れ、さらに舐めてしまう。

くすぐったかったのか、冴紗は小動物が鼻を鳴らすような甘え声をあげた。

「………ぅ…んっ……」

そして自分のあげた声で、羞紅するのだ。

初めのころは、性的な感覚というものを理解できない様子だったが、床をともにするようになり、いまではあらゆる箇所で愛らしい反応を見せる。

なにも知らぬ冴紗が、おのれの身のうちに起こる感覚に驚き、恥じらい、狼狽するさまが、羅剛は好きであった。

「……ら、ごう…さま…っ！」

耳もとでささやいてやる。

「いやか？　おまえは、俺のものであろう？　出す白蜜も、俺のものであろうに」

羞かしげに睫をしばたたかせ、言うには、

「いやではないのが、……おそろしいのでございます。これ以上、冴紗をおかしくさせないでくださいませ。…冴紗は、独り寝の夜、羅剛さまのなさってくださったことを、思い出してしまうのです。……せつのうて、なりませぬ」

ふふ、と笑ってしまう。

むろん、そうでなくては困るのだ。

自分とおなじほどでなくていい。せめてすこしでも、離れている際、思い出してもらわねば。

羅剛のほうは、とうの昔に狂うているのだから。

「ならば、こちらはどうだ？　独り寝の夜に、思い出さぬか？」

するりと脚間に手を差し入れ、後花に触れる。

「………ぁ………い、…ぁ……！」

それだけで冴紗は身悶えした。

指の腹で撫でてみる。

ひっそりと隠れる秘花は、かたく締まっていた。

少々ため息まじりで、

「……ああ、花が閉じてしまったのう。数日、俺の精を注いでやれなかったからの」

寝台脇の卓に手を伸ばし、手探りで香油の壜を取る。

「脚を、開け。咲かせてやろうほどに」

冴紗は、ふるふると、風に怯える花のごとく、首を振る。

が、はっとしたように唇を指先で押さえ、

「……もしや、色事にたけたお方は、……あの、みずから脚を開いたり……なさるので、しょうか…？　羅剛さまは、そうしたほうが、お好みでしょうか…？　………あ、あの、お尋ねしたかったのですが、……冴紗のこのような場所、…見苦しくは、ございませぬか…？　お目を穢してしまうのではないかと……いつも、とても、心配で……」

羞紅し、それでも懸命に尋ねるさまが、なんともいじらしい。

なのでどうしても、唇が笑みを刻んでしまう。

「さあな。色事にたけたもなにも、…ああは言うたが、俺の『銀の月』はおまえだけだからな。俺は、ほかのだれとも褥をともにしたことなどないぞ？　それに、目が穢れるどころか、」

ぐいっ、と足首を掴み、強引に左右に割る。

「これほど、つつましく愛らしき蕾、どの国の花園にもないであろうよ。毎日見ていても飽きぬほど、眼福《がんぷく》であるぞ」

拒まれぬうちに、香油を指先に取り、蕾を撫でる。

「あ…っ」

背後に手をつき、身体を支えたが、膝を大きく開いた状態、そのうえでの指淫《しいん》であるので、冴紗の腰はやはり逃げをうつ。

羅剛は素早く咎めた。

「逃げるでない！　かわいがってやれぬぞ！」

口調を強めるだけで、冴紗は身動きとれなくなる。

その隙に、指を潜《もぐ》り込ませる。

ほのかな香油の薫りが、あたりに拡がる。

冴紗のぬくもりで、香りが立つのだ。

ぞくりと、疼きが起こった。

本人の放つ香りもあいまって、恍惚《こうこつ》となる芳香である。

冴紗は泣きだしそうな顔で、…だが蕾に指を差し入れると、ちいさく首を振り、おのれの脚間に視線をやり、どうしてよいのかわからぬ様子で、すがるように羅剛を見つめ、ふたたびおどおどと脚のあわいを見、膨らみ始めてしまったおのれの果実から、あわてて視線をそらし、……狼狽のさまの、なんたる素直さ、愛らしさ。

「………ぁ、ぁ……」

冴紗は、ぎゅうと、衣の裾を握り締めていたが、

「……らごう、さま…っ、…羅剛、…さま……」

ついには、哀願のさまになる。

指で花筒内をいじっている羅剛には、冴紗の昂ぶりなど、とっくにわかっているが、あえて意地悪く尋ねてやる。

「どうしたのだ? いつも言うておろう? してほしいことがあるなら、ねだってみよ。俺の名だけ呼んでも、考えは伝わらぬぞ?」

匂い立つばかり。触れなば落ちん風情で、冴紗はそれでも首を振る。

清純な花が、咲きはじむ。

あえかに身悶え、虹の髪を揺らし、言葉にせずともわかってくださいませ、とわずか恨めしげに目をあげ、またもや羅剛の指淫で身をよじらす。

思わず、つぶやく。

「俺は、…閨でのおまえが、もっともいとしい」

まこと、虹の花のよう。

羅剛の言葉ひとつひとつ、与える睦みごとのひとつひとつに、色を変え、恥じらい、す

ね、快に乱れるさまも、またいとしい。

「俺が……咲かせたのだな。おまえを。閨でのおまえは、俺だけのものだ」

他のだれも見ることのできぬ冴紗。

……神の御子と、崇めるならば、崇めるがいい。

虹の衣装、仮面の冴紗など、ただのひとがた。飾り人形だ。

せわしなく片手で、羅剛はおのれの前をくつろげた。

気づけば、冴紗もおのれも、いまだ着衣のままであった。それほど想いに急かされて、褥に入ったのだ。

灼熱の塊を掴み出し、尋ねる。

「これが、好きか、さしゃ…？」

冴紗の視線は羅剛のものをとらえ、困惑したふうに揺れ、羞かしげに横に逸れ、…だが指先を噛み、ちいさく、うなずく。

しかし、ふいに。

冴紗は泣きだしたのだ。

両手で顔を覆い、しくしくと。

「どうしたっ？　なにを泣くっ？」

いじめすぎたかとあわて、羅剛は花筒をくじる指を抜き、冴紗を抱き締めてやる。

なだめるつもりであったのに、冴紗の涙は弥増《いやま》す。

「申してみい？　俺が悪かったか？　厭なことでも、したか？」

それでも首を振り、唇を噛み、涙を流す。

「さしゃ。さしゃ。…泣かせたくはないのだ。なにゆえ、泣く？」

胸にきつく抱き締めていて、……なぜだか羅剛も涙が溢れてきてしまった。

頬を伝う熱いものに、おのれの指で触れ、驚く。

そして、わかった。

冴紗の涙の意味が。

「………すまぬ。つらかったのだな？　…そうだな？　竜で追い掛けた際のことを、思い出してしまったのだな…？」

幸せな睦みごとの最中であるからこそ。ふいにつらい記憶が蘇ってしまう。

嗚咽に詰まりながらも、冴紗は応えた。

「………はい。…羅剛さまにもしものことがあったら、と……よくぞ、ご無事で……」

「おまえが救けに来てくれたのだろうが。おまえのおかげだ。俺がいま生きているのは。…だから、泣くな？　俺は、…ほれ、こうして無事であろうが？　無事で、おまえを抱いておろうが？　もうなにも案ずることなどないのだぞ？　泣かずともよい」

言いつつも、身が震える。

自分はなんと浅はかなまねをしたのか。

もうすこしで、この憐れな幼子をひとり残し、冥界へ行かねばならぬところであった。

冴紗は泣き濡れた瞳をあげ、

「お願いが、ございまする」

きっ、と言った。

「なんだ？　なんでも言うてみい」

ぽろりと涙を滑らせ、

「はい。……それでは、……もう二度と、冴紗を置いて行かないでくださいませ。冴紗は、御身と離れとうございませぬ。どれほどつらい地で、酷い死を迎えても、かまいませぬ。死ぬときは、羅剛さまと一緒に、死にとうございます。離れたところで死ぬのは、…いやでございます」


大きく息を吐き、しばらくしてからようやく応えられた。

「――――わかった」

胸が震える。

けなげな言葉に。

ここまで言うてくれる、あまりに熱い、その想いに。

「俺は……ほんに、果報者よのう」

幼いころから与えられなかった愛情すべてでも、冴紗ひとりの想いで、十二分に贖《あがな》われる。

流れ落ちるおのれの涙を、羅剛は拳で拭った。

「……なにか、…言いたいのだが、……言葉にならぬ。いとしくて、ただおまえがいとしくて、…胸が焼かれるようだ。熱くて、…幸せが、……痛いほどだ」

冴紗を幸せにしてやりたい。

心の底から、そう思う。

生まれながらに重い運命《さだめ》を負わされた、この幼子を。

自分の妃となる、いとしき者を。


覆いかぶさり、脚間に身を置く。

冴紗は震えながらも懸命に脚を開き、羅剛を迎え入れようとする。

「よいな？　力を抜いておれよ。久方ぶりだからの。すこし苦しいやもしれぬが、…そうっと入れてやるからの？　怖がるでないぞ？」

なだめる言葉を吐きながら、そろり、そろりと、腰を沈める。

「……んっ、…………ん、ん、ん………っ…」

必死に声をこらえようとするが、やはり開かれる苦痛があるのか、冴紗はあえぐ。

かたく目をつぶり、眉根を寄せ、凌辱の苦しみに耐えている。

「もうすぐだからの？　花びらが綻《ほころ》べば、すぐに心地よくなるからの？」

けなげに咲く花を、無残に踏み荒らしているような罪悪感がある。

いつも思うのだ。自分は褻瀆の罪を犯しているのではないか、と。

だが花筒の心地よさと、乱れる冴紗のさまが、羅剛を狂わせる。

「さしゃ…さしゃ……！」

そっと、などと言うたくせに、花を咲かせ、自身を完全に納めると、どうしても腰が揺らめいてしまう。

「おまえのなかは、…まこと、熱いの」

揉みしだかれるような感覚。

色事に疎いと笑ったが、じつはそのようなことはまったくないのやもしれぬ。冴紗の身体は、すさまじく、良いのだ。

「…………ぁぁ…………」

冴紗は、細く、細く、糸のようにあえかな息を吐く。

息さえも、甘い。

とろけてしまう。抱きすくめ、乱暴に腰を動かしているようであるのに、しっとりと締め付けられ、犯しているはずであるのに、反対に、身体ごと、魂ごと、受け入れてもらっ

ていようで、…これは、天の者なのか、魔の者なのかと、ときおり思うが、冴紗の虹の
容姿は、もしや冴紗の本質を表しているのやもしれず、儚なげでいて、しとやかでいて、
なおだれよりも強いのは、すべての色を合わせ持つ『虹』そのものであると、……陶然と
そのようなことを思いつつ、羅剛は、精を迸らせる。

「……ぁ、ぁ……らごう…さま……っ……」

腹に熱いものがあたる。

冴紗のもっとも愛らしいさま。

それは、羅剛を受け入れ、蜜を溢れさせるさまだ。

「さしゃ。…冴紗。命かけて、おまえだけだ」

いとしい冴紗。

長年恋い焦がれた、我が想い人よ。

俺の腕のなかでだけ、泣いてくれ。

俺の腕のなかでだけ、笑い、感じ、眠ってくれ。

「……おまえに、…俺は、すべてを捧げるからな」

おまえが俺を『王』にしたのだ。

初めて逢ったあのときに、おまえが俺に、未来をくれた。

「忘れるな。……おまえのためだけに、俺は存在するのだからな」

冴紗はしなだれかかり、快の海をいつまでもたゆたっているよう。

それは羅剛もおなじ。頂へ駆け昇る際の快感もすばらしいが、こうして腕に冴紗を抱き締め、半分眠るように睦むのも、またたのし。

虹の髪を指にからめ、くちづけ、うっとりと、口にする。

「早う式を挙げたいものよの」

舌たるいような甘い声が、応える。

「……はい」

「心地よい、…のう。俺は、これほどの幸せを、知らなんだ。おまえと睦むときの心地よさは、…まこと、天の園もかくやの、夢のようであるな」

しばし、返事に間があり、

「………さしゃも、……そう、思いまする」

眠りかけているのかもしれぬ。冴紗は睦みのあと、よく、落ちるように眠ってしまう。

行為が身体に激しすぎるのか、まだ心が慣れておらぬのか、だが無防備にすべてを預け、おのれの腕で寝入る姿もまた愛いと、羅剛は抱き締め、毎回幸せに浸るのだ。

ふと思いだし、話を振る。

「しかし、…知っておるか？　民のあいだでは、おまえは『変化《へんげ》』して女にもなれるという噂がたっているそうだぞ？」

　ぼんやりと瞼を押し上げ、少々きょとんと見つめ返してきた。

「……変化、でございますか…？」

「ああ。愉快であろ？　ならばいっそのこと、妃になるのもおまえだと、公表してしまうか？　そうすれば、『美優良王女』などと名乗らずとも、おまえのままで居れるぞ？」

　考え込んでいる様子だったが、

「ですが……王女さまの立場がお悪くなりましょう」

　羅剛も考え、うなずいた。

「たしかにな。修才邏に嫁いだ虹髪の王女であれば、世間に言い訳が立つが、…どのみち人前には出れぬ姫であるしな、あえて真実ひろめんでもよいか」

　安心させるために笑ってやる。

「俺にもそのくらいの情けはあるのだぞ？　なにせ頑固なおまえが、俺の妃になることを承服してくれたのは、あの王女の口添えあって、だからの」

　頬にくちづけ、言うたのだが。

　なぜだか冴紗は哀しげな顔になってしまった。

　おずおず尋ねてくる。

「…………わたしは、……頑固で、ございますか……？」

くっくっ、と。

羅剛は笑いだしていた。

……まこと、どうしてそこまで、俺の言葉を気にするのか。

世のすべての者たちの、賛辞と敬愛をほしいままにしている、『虹の御子』が。

なにゆえ、『黒の王』と嘲り、罵られる、自分の言葉などを。

しかし。幸せだ。

愛されている喜びに、心が震える。

頬をくすぐり、言うてやる。

「ああ。頑固だ。——俺などを、長いこと想うていたりするのだからな。これほどの頑固者、世におらぬだろうよ」

とたん。

恥ずかしそうに、だがわざとらしく、冴紗は睨んできた。

「それでは、生涯治りませせぬゆえ、お覚悟くださいませ」

耐えきれず、羅剛は笑いだしていた。

「よう言うようになったものよ！　ほんにの、…いとしくてたまらぬわ。おまえ、俺を焦がれ死にさせるつもりか」

つんと言い返してきた。

「存じませぬ。焦がれ死にでしたら、冴紗も一緒でございますゆえ。――それも、お覚悟くださいませ」

笑っていたつもりが、いつの間にか涙になっていた。

それは冴紗も同様であった。

幸せに、胸が熱くなる。

麗しの銀の月。

我がいとしの妃よ。

護りきってみせる。なにがあろうとも。

おまえの影となり、おまえの盾となり、世のすべての穢れ、苦しみから、おまえを遠ざけてみせよう。

それが、自分などを愛してくれたおまえに対する、感謝の心。

天地に愧《は》じることなき、想いの証だ。

獣偏《けものへん》に王と書いて、狂う……。

あっ、こんにちは！　吉田珠姫《よしだたまき》でございます。
↓で、これは、お客さまからいただいたお手紙にあった言葉でして。吉田も大笑いしました です。確かに、ぴったりそのとおりでございます！
いやはや、前回『神官は王に愛される』でも十分暑苦しかった男が、今回は語り手になって、さらに力いっぱい、強烈に熱烈に愛を語っております。そして二十三のくせに、なんだか妙にオヤジ臭く感じるのは、…語り口調のせいでしょうか、苦労しすぎているせいでしょうか……。母が言うのもなんですが。（苦笑）
それにしても、前回も書きましたが、吉田、いつまでも古いワープロなんぞで仕事をしているので、今回もなかなか困った誤字変換がございまして。まず頻繁に出てきたのが、

「お受けの血筋」

はい。ここで腐女子の皆様は、吉田と同じ妄想が湧いたことでございましょう？　受けジジ受けパパ受け息子、脈々と続く『お受けの血筋』……きっと色白で華奢な一家なのよねっ、それで近所に攻めジジ攻めパパ攻め息子の、『お攻めの血筋』一家がいるんだわとか……いや、もちろん『王家の血筋』と打っているつもりなんですが、…なぜだか必ず、この文字で出るんです……。

　次に出てくるのは、

「売る和紙の冴紗」

これはなんか、マッチ売りの少女みたいに、さっむぅ〜い冬の夜、「和紙〜〜〜。和紙買ってくださいませ〜〜〜」とか、冴紗《さしゃ》が裸足で震えながら和紙を売っている姿が思い浮かんでしまい、毎回憐れでなりませんでした……。『麗しの』くらいちゃんと変換してほしいもんです……。

　そのほかにも永均《えいきん》が、いいところで「チョコ罪な」と唇を歪めて吐き捨てたり、冴紗が、「園児切手見せましょう」とか言い出すし、……ああ、確かにチョコは罪よね、食べすぎると太るわ、とか、…え、園児切手？　なんか見てみたい気もするけど、…羅剛《らごう》と冴紗が園児の絵姿とかで描かれてたら可愛いわね、とか……そのたび妙な妄想に駆られながら、書き終えましたです。
あまりのバカっぷりに、いいかげんワープロやめてパソコンに移行しないといけないわねぇ…と溜息をつきつつ、でも誤字変換はパソコンでも起きるしねぇ、それにバカなあとがきネタには困らないわ、と思い直してみたり。(笑)
あ、話は変わりますが、吉田は年四回、『吉田通信』という情報ペーパーを出しております。
予定などと、毎回ショートストーリーが一話入ってます。ご希望の方は、編集部気付、吉田珠姫あてに『80円切手貼付、住所氏名を明記した封筒』をお送りくださいまし。
折り返し(三カ月以内に)一番新しいペーパーを送付いたします。その他、取り寄せ可能なバックナンバーをお知りになりたい方は、ひとことお書き添えくださ～い☆
で、――末筆になりましたが、高永《たかなが》ひなこ先生、お忙しいところ、今回も素晴らしいイラストを、ほんと～うに、ありがとうございましたぁ～っ♥ ふたりのカラミがラブラブで～～～、もう見てるだけで幸せな心地でございますっ。羅剛がいやにカッコいいので見惚れてしまいましたっ♥ 聖虹使の場面の冴紗も、ひっじょ～に綺麗で、ドキドキしましたっ。そして、碣祉《けっし》王の顔があまりにもイメージそのままだったので、編集さんと超ウケま

した。（笑）
それから、原稿が遅くなって、すみませんでしたっ。担当のM山さんにも、大変ご迷惑をおかけしました。次回こそは早めに原稿お渡しできるように頑張りますので、どうぞよろしくお願いいたします。

ということで。
皆様、最後までお付き合いくださいまして、本当にありがとうございました。
次はいよいよ羅剛と冴紗の婚礼話になります。天然入ってる冴紗が、またもやいろいろやらかします。

それでは、またお逢いできますようにー！

吉田珠姫　拝

吉田先生
「神官シリーズ」続刊
おめでとうございます。
今回はらごうさまが
ピンチに陥ると
うかがって
読む前からすっかり
ムチでしばかれたり
鎖につながれたり
あれこれされちゃうに
ちがいないと
捏造して
ハァハァしました。
すみません。
しませんでした
ムチ傷。
いざいうにも
Yシャツが
あればいいのにと
思っている
高永ひなこ
でした

KAIOHSHA ガッシュ文庫

神官は王を狂わせる
（書き下ろし）

神官は王を狂わせる

2007年4月10日初版第一刷発行

著　者■吉田珠姫
発行人■角谷　治
発行所■株式会社 海王社
〒102-8405
東京都千代田区一番町29-6
TEL.03(3222)5119(編集部)
TEL.03(3222)3744(出版営業部)
印　刷■図書印刷株式会社

ISBN978-4-87724-565-8

吉田珠姫先生・高永ひなこ先生へのご感想・ファンレターは
〒102-8405 東京都千代田区一番町29-6
(株)海王社 ガッシュ文庫編集部気付でお送り下さい。